Kōta & Yoshiya
「営業時間外の冷たい彼」

営業時間外の冷たい彼

すとう茉莉沙

キャラ文庫

この作品はフィクションです。
実在の人物・団体・事件などにはいっさい関係ありません。

目次

口絵・本文イラスト／小椋ムク

営業時間外の冷たい彼

1

「ありがとうね」

そう言われると、とても嬉《うれ》しい。

若菜航太《わかなこうた》は、にっこり笑って自分の手に重ねられた手を握り返した。

「喜んでいただけてよかったです」

航太は月に一度、大学のサークル活動でこの老人ホームを訪ねている。

共有スペースに点在するテーブルの上には、レクリエーションで作ったばかりの紙の彼岸花が、鮮やかに咲いていた。入居者の人たちの表情も普段より華やいで見える。

「うちの畑にもね、今頃になるといっぱい咲いてたの。懐かしいわ」

一緒に彼岸花を作っていたお婆《ばあ》さんの目がきらきら輝いているのを見て、航太はますます嬉しくなった。

自分のしたことで誰かが幸せそうな顔になってくれると、月並みな表現だがボランティアをやっていてよかったと思う。

「前に写真見せてくれましたよね」

「まぁ、そうだったかしら」

「ああ、去年か一昨年《おととし》、かなり前です」

最近、物忘れが気になっているらしいお婆さんが不安にならないように、航太は慌ててフォローした。

「九月って言ってもまだ暑いですし、気分だけでも秋っぽいレクしたいなぁって考えてたとき、思い出したんです。この辺で彼岸花の咲いてる所ないですよね。だったら、施設の中に咲かせようって計画しました」

楽器やマジックなどの発表で、施設を訪ねるサークルは多いが、航太が所属しているのは、清掃、食事サポート、話し相手、今日みたいな午後のレクリエーションまでなんでもやるボランティアサークルだ。その時々で相手の望むことができるという点が、航太は気に入っている。

「よかったですね、三好《みよし》さん」

航太が話しているお婆さんの肩にそっと手を置いて話しかけたのは、テーブルを巡回していたポニーテイルの職員さんだ。

サークル仲間たちは、最近入ってきた彼女をチェックし、可愛《かわい》いと盛り上がっていた。

「若菜さんってすごいですね。入居者さんと話したことは全部覚えてるって聞きました」

彼岸花の仕上げを手伝い始めた彼女の言葉に、航太は苦笑する。

「全部は盛り過ぎですよ。誰ですか、そんな大袈裟《おおげさ》な――」

「チーフです」

「えっ」

航太は、急に顔が赤くなるのを感じた。

――あ、まずい。

彼女にすごいですねと褒《ほ》められて赤面するなら、まだマシだ。でも今赤くなるのは、絶対タイミングが違う。

「チーフが、若菜さんはすごくよくしてくださるって褒めてましたよ」

「いや、俺も楽しませてもらってるので……」

ボランティアというと、すごく真面目で頑張ってるっぽいが、航太はただ人に喜んでもらうことが好きでやっている。周りが幸せそうだと自分も嬉しいという至って単純な理由だ。

それでも言葉を濁してしまったのは、自分でもちょっと引っ掛かっていることがあるからだ。

「お、みなさん、お上手ですね」

ひょいと、航太の背後からテーブルを覗《のぞ》き込んできたのは、まさに今、話に出てきた二十代後半くらいのチーフだった。

心臓が跳ね上がり、航太は思わず胸に手をやりながら、頭を軽く下げた。

「ど、どうも。いい感じで花、できてます！」

サークルの訪問先は他にもあるが、この施設の名前が出ると、いつも以上にやる気が出る。やる気と同時に、航太の頭に浮かぶのは彼の顔だった。

「チーフ、今、ちょうどチーフが若菜さんのこと褒めてたって話してたんです、ね」

ポニーテイルの職員さんは、周りのお婆さんたちに同意を求めて微笑《ほほえ》み合う。

「知ってる。君がチーフって連呼してるのが聞こえてた」

そう言って笑う彼を、航太はなんだかソワソワしながら見上げた。

「若菜君は本当に熱心だよね。入居者さんたちと話したことは絶対覚えてくれてるし、毎月欠かさず来てくれるねって、職員の間では有名人なんだよ。それに、かっこいいもんね」

「えっ」

お世辞だと思っても、チーフからそんなことを言われると、顔が熱くなってしまう。

「あらぁ、かっこいいって言うより、可愛いじゃないかしら。私たちの間でも、感じがよくて素直でいい子ねって人気なのよ」

斜め向かいに座っていたお婆さんにまで、そんなことを言われてしまった。

「はは、なんか照れますね」

顔の赤みが気になって落ち着かず、つい大袈裟に笑ってしまった。でも自分で言うのもなんだけれど、親しみやすいとか素直そうだという意味なら、可愛いの方がまだしっくりくる。

そんなふうに照れを誤魔化そうとオロオロしていた航太に、チーフが笑いかけてきた。

「いい笑顔だね。うん、可愛い」

まるで子どもを相手にするように、大きく頷《うなず》きかけられ、航太は一気に平常心を失った。

「っ……ど、どうも、です！」

どうしようもなく耳までカッカする。心の中では、冗談なのに赤くなるなと自分を叱《しか》り飛ばしながら、ペコペコ頭を下げていると思わぬところから助けがあった。

「若菜先輩！　教えてもらっていいですか？」

「おう！　――ちょっと失礼します」

未完成の彼岸花をぷらぷらさせながらの後輩のヘルプに、航太はこれ幸いと席を立った。

人の役に立つ仕事を活《い》き活きとしている職員のお兄さんに抱いているのは、尊敬や憧れだと思いたかった。

でもそれは、可愛い女性に褒められたときよりも赤面してしまう理由になるのだろうか。


満ち足りた気分と自分への疑問を胸に老人ホームをあとにした航太は、サークル仲間たちと別れ、大学の最寄り駅に戻ってきていた。

特別遊べるような場所はないが、パン屋やコンビニがある並びのビルに、大学入学以来、講師として働かせてもらっている塾がある。

「あっ……」

ちょうど信号を渡ろうとしたとき、大学の方から歩いてくる見知った姿に気が付いた。

声をかけようか迷う間もなく、彼女と目が合い反射的に呼びかけた。

「内田《うちだ》さん」

「――若菜君」

同じ経済学部三年の内田絵里奈《えりな》だ。彼女とは、ゼミが一緒になって初めて話すようになった。

ある程度の年齢になると、女の子と男の子に分けられ、みんな、なんとなく恋愛を意識し始める。それでも夏休み前の航太なら、迷わず絵里奈とは友達だと言えた。

でも、今はよく分からない。

「久しぶり。内田さん、土曜なのに学校？」

「サークルの集まりだったの……元気だった？」

秋っぽいワインカラーのワンピースを着た絵里奈は、気まずそうに肩まで伸びたストレートヘアを耳にかけた。

「げ、元気だよ。内田さんは？」

彼女と仲良くなって、ゼミ以外の話をするようになったのは航太にとっても自然だったし、こうやってみんな誰かと付き合うようになるのだろうと考えたことがなかったとは言わない。

けれど、いざ「夏休みも会いたい」と絵里奈に言われ、一緒に映画を観《み》に行き、デートであると意識した途端、彼女の視線が重く感じられ息苦しくて逃げ出したくなった。

「うん、私も元気」

「よかった、うん」

あの日、絵里奈に「好き」と言われて、どうしてもイエスと言えなかった。そのことがずっと航太の心に影を落としている。

「……もうすぐだよね、あの映画。私、ミニフィギュア付きの前売り券買ったんだ」

そうなんだ、と笑顔を作りながら、航太は夏休み前を思い出した。二人ともヒーロー映画が好きで、ギクシャクする前は色々話すのが楽しかった。

「バージョンアップ後のバトルスーツ、かっこいいの」

彼女はスマホを取り出すと、淡いピンクのネイルを施した指先で画面をタップし、ＳＮＳに投稿した写真を見せてくれた。

「へぇー」

以前なら自然と話が盛り上がる場面なのに、罪悪感に苛《さいな》まれてうまく話せない。航太は前髪を落ち着きなく引っ張った。

妙に空いた会話の間を埋めるように、絵里奈は勢いよく口を開いた。

「あのね、若菜君、私の言ったこと、もう気にしないで。前みたいに普通に話したいんだ……若菜君は嫌かな？」

「まさかっ。俺もそうできたら嬉しい」

けれど、彼女を傷付けておいて、今だってこんなふうに気を遣わせてしまって、友達でいたいなんて虫がよすぎる。

こうなった原因は全部、自分にある。

――女の子を好きになれないかもしれない。

ずっとうっすら悩んできた。でも彼女なら今度こそと、意を決して二人で出掛けたのにもかかわらず、傷付けてしまった。

それ以来、何をしていても航太の頭には、常に彼女への罪悪感があった。

「そういえば若菜君こそ、こんな時間から大学で何かあるの？」

「ううん、今日は塾でバイトなんだ」

土曜はサークル優先で、担任は持っていないが、ありがたいことに体験やピンチヒッターで声をかけてもらえることがある。

「わっ、引き留めてごめんね。時間、大丈夫？」

聞かれた航太は、チノパンからスマホを取り出し慌てて時間を確認した。

「ああ、ごめん、そろそろ行かなきゃ」

「ううん、こっちこそ。バイト頑張ってね。またゼミで」

「うん、また」

好きな映画が似ていて、ゼミも同じ、一緒にいて楽しかった。ちゃんと絵里奈と同じ好きを返せて、彼女を笑顔にできたら、どんなによかっただろう。

航太は申し訳なさに、唇を噛《か》みしめた。


絵里奈と話した日の夜。

航太は塾で三コマの授業をこなした後、六畳ほどの一人暮らしの部屋を占拠するベッドの背に凭《もた》れて、スマホと睨《にら》めっこしていた。

「これで答えが出るなら迷わないよなぁ」

そんなの分かり切っている。

自分がゲイかどうか、確かめるにはどうしたらいいかを検索するのは初めてじゃない。でももっと早くに問題と向き合わなかったから、絵里奈を傷付けてしまった。

――もう、うやむやにしない。

そう心に決めて調べた結果、効果がありそうだと思った解決法は、男の人とキスしてみる、付き合ってみる、そんな突拍子もないものだった。

——でも誰と？　できるわけがない。

割り切って男とキスしてくれるような友達に心当たりはないし、第一、この悩みは誰にも打ち明けたことがない。

既に絵里奈を傷付けているのに、この上、誰かを利用するような真似《まね》もしたくない。

「いや……待てよ」

不意に頭に浮かんだのは、以前、塾のバイト仲間である尾長瑛司《おながえいじ》から聞いた話だ。

『俺さ、彼女をレンタルしてみたんだ』

スーツに着替えている最中、瑛司にそんな自己申告をされ、航太は怪訝《けげん》な顔になった。

『好みの子が彼女になってデートしてくれるんだ、最高だろ？』

更衣室なので生徒に聞かれる心配はないが、『それってまずくない？』と驚いた航太に向かって、『手を繋《つな》ぐだけで何もしねぇよ』とかなんとか、瑛司は勝手に喋《しゃべ》り続けていた。

そこまでいかがわしいものではなさそうだというのは、彼の話で分かったものの、そのときは自分とは無縁の話だと思っていたが……。

——彼氏を借りるのはどうだろう？

ぶっ飛んでるかもしれない。

ゲイに偏見はない。だけど航太は、就職してそこそこの年になれば、誰でも結婚すると信じている家族の中で育った。

これから就活も忙しくなるし、就職して、ずっと独身だと絶対に何か言われる。そうなるまで、このまま悩み続けるのだろうか？

「嫌だ、そんなの無理だ！」

男の人とデートしてみて、これは違う、やっぱりゲイじゃなかったという結論がいい。

――じゃなきゃ、どうしたらいい？

だったら、これ以上にいい考えがあるだろうか。相手はあくまでビジネスで、いかがわしいことはなしで、マナーはもちろん守るし傷付ける心配もない。

とりあえず調べてみよう。航太はじわりと手が汗ばんでくるのを感じ、ドキドキしながら彼氏のレンタル事情について検索し始めた。

すると、予想外の問題が現れた。

基本、彼氏をレンタルできるのは女性のみなのだ。同性がレンタルできる場合も、友達としてのレンタルのみと明記されている。

「そっか……」

なかには、ゲイお断りとハッキリ記載しているサイトもある。自分に向けられた言葉ではないのに少し気落ちしながら、航太は検索ワードを変えてみた。

「人のレンタル……家族、友達、彼氏、彼女……便利屋りらい？」

彼氏のレンタルに特化した会社ばかり見ていたが、今度開いたサイトは違っていた。

便利屋、つまり、これはなんでも屋だ。

航太が気になったのは、彼氏の仕事例に載っていた一文だった。

新宿《しんじゅく》二丁目のクラブへ同伴デート——二丁目というからには、そういうことだろう。

「——見つけたかもしれない」

緊張と期待感から落ち着かず、意味なく首をかいた後、航太は勢いに任せて問い合わせフォームを埋めていった。

『男なんですけど、男性の方を彼氏としてレンタルすることはできますか?』

悩んだ末に質問欄に書いた文章が恥ずかしくて、目を背けたくなった。でもここで時間を置いて冷静になったら、二度と送信ボタンを押せない気がした。

「よしっ!　送っちゃ……った」

こんなことして、本当によかったのだろうか。

何かまずいことにならないだろうか。気持ち悪がられないだろうか。

でもついに、こっそり悩み続けた問題を解決できるかもしれない。

ドキドキと高鳴る胸にスマホを押し当て、航太はバサッとベッドに背を預けた。

2

便利屋りらいにメールを送った一週間後。

航太《こうた》は、夕方の騒がしいコーヒーチェーンのカフェにいた。

ここで『彼氏』と待ち合わせすることにしたのだが、選択を誤った気がしていた。

「ふーっ……」

さすが二十三区内だ。土曜日だということも考えないといけなかった。席を確保するだけで、やっとだった。今なんかレジに列ができてしまっている。

一人暮らしの部屋も講師のバイトも、航太の行動範囲は全部都心から外れた大学付近に収まっている。よく見かけるからテッパンだろうと選んだこのカフェも、ほとんど来たことがない。

――口から心臓が飛び出そうだ。

両手で握っているシトラスなんとかティーには、緊張でほとんど口を付けていない。

『彼氏』と過ごす一時間半で、果たして悩み続けた答えは出るのだろうか――。

じっと睨み続けていたスマホが、待ち合わせの十五分前きっかりを示すや否や、航太は何度も見直したメッセージを『彼氏』に送った。

『カーキのシャツに白いTシャツ、ベージュのパンツを穿《は》いてます。奥の二人掛け、丸いテーブル席にいます』

実は航太は、これから会う『彼氏』の顔を知らない。

『男性同士のデートをご希望で、お間違いございませんでしょうか?』

便利屋りらいとの電話のやり取りは、そんなふうに始まった。メールを送った翌朝で、その日たまたまゆっくり起きればよかったため、まだベッドにいた航太は慌てて飛び起きた。

『具体的なご要望をお伺いできますか?』

電話口の女性は、居酒屋の注文を繰り返すような爽《さわ》やかさでそう言った。

勢いでメールを送った自分に、飛び蹴《げ》りを食らわせたくなった。

『「彼氏」として対応できる者は一名のみで、他の者は友人として、ご対応させていただきます。お好みの「彼氏」をお探しすることも可能ですが、少々お時間と追加料金を頂くことになります』

航太が言葉を失っていると、説明が足りないと思ったのか、彼女はさらに赤面物のことを言い出した。

『手を繋いだり、ハグをしたりといった軽い触れ合いを行うことが可能なのが「彼氏」です。ただ、場所によっては——』

あのときは随分事務的な人だと思った航太だったが、親身になってくれたりしていたら、もっと恥ずかしくなって心が折れていただろう。

『わ、分かりましたっ、その方でお願いします！』

『かしこまりました。当社は便利屋として他の業務も行っている都合上、「彼氏」の写真はHP上には公開しておりません。ご覧いただくことは可能ですが、いかがなさいますか？』

『み、見なくていいです！』

それに関しては、迷いがなかった。

友達として会ってもらっても意味がない。

――どうか優しい人であって欲しい。

航太は、そわそわしながらテーブルに伏せていたスマホを手に取った。

――返信がない。まぁ、まだ五分も経《た》ってない。落ち着け。

「航太？」

「はい？　……っ！」

反射で返事をすると共に顔を上げると、タンブラーを手にした背の高い男性が立っていた。

彫りの深い目、高くて少し細い鼻筋。物凄《ものすご》いイケメンとしか言いようがない。理屈で何か考える前に、一気に体温が跳ね上がった。

「航太だよね。ヨシヤだ」

「あ……」

ヨシヤ、それが『彼氏』の名前だ。

「こ、航太……です」

名字は教えてもらっていない。年は三十。事前のやり取りで聞かせてもらったのは、それで全部だ。

「よろしくね、航太。会えて嬉しいよ」

ヨシヤは横幅の広い涼やかな目を甘く細めて、ふわりと微笑んだ。

向かいの椅子に腰掛ける動作に合わせ、彼の緩やかに波打つ前髪が、はらりと端整な顔に垂れた。

「……」

艶《なま》めかしい——使ったこともない単語が頭に浮かぶ。

オフホワイトのざっくりとしたニットを着こなしている体つきは男らしく、染めていない航太の髪よりは幾分明るい彼の髪色にもよく合っていて、とにかく色気がすごい。

「さっきから可愛い口が開きっぱなしだね」

「えっ?」

「何飲んでるんだい?」

今、彼は何と言っただろう。何かすごいことを言っていた気がする。頭が全く働いていない

航太に対し、ヨシヤはリラックスしているように見える。

テーブルに腕を乗せ、小首を傾《かし》げて航太を見る彼の目は、お菓子のてんこ盛りみたいに甘くキラキラしている。

——これが『彼氏』か……？

「航太、大丈夫？　どうしたの？」

ヨシヤは少し上目遣いになり、優しく笑う。整った歯並びがちらりと覗いた。

「あー、えっと、なんでしたっけ……」

これは一般的な彼氏じゃない。こんなのがゴロゴロいたら、みんなどうかしてしまう。

ヨシヤはいよいよ呆《あき》れたのか、心地よい声を立てて笑い出した。

「緊張してる？」

「す、すすす、すみません」

テンパりながら謝ると、握りつぶしそうな勢いでタンブラーを持っていた手に何かが触れた。

視線を落とした航太は、わが目を疑った。

ヨシヤの指が、自分の指にさり気なく触れている。

「ひっ……！　こ、こういうのは、初めてで」

顔も見ずに決めたから、とんでもない人が来たらどうしようなんて失礼なこともチラッと思ったりもしたが、これは逆の意味でとんでもない。

「そうだったね。俺でよかったの？」

当たっている指先から視線を上げると、まともにヨシヤと目が合ってしまった。

「っ……も、もちろんです」

そっぽを向くと、また笑われた。

「こっち見てくれないんだ？」

拗《す》ねたような口調で言われ、航太は片手で顔を覆った。

「ちょ、ちょっと慣れるまでは……」

「いいよ。ここにはよく来るの？」

「いえ、あんまり……ヨシヤさんはここで大丈夫でしたか？　普段、デー、いえ、えっと……」

「どこでもいいんだよ。航太に楽しんでもらえるなら、俺は嬉しい」

「あ、ありがとうございます」

レンタル代として、事前にカフェ代、交通費込みの一万円を振り込んでいる。正直、大学生には安くはない金額だ。

でもこんな大人の男性相手に、ワンドリンクなんて申し訳ない気持ちになってくる。

「時間的に食事の方がよかったですよね。デー……いえ、あー……こういうときは」

他のテーブルが気になって周りを見る。チラチラと航太たちを、いや、ヨシヤを見ている人たちがいて、どうにも落ち着かない。

「いいんだよ。それより、ここじゃ話しづらいよね？　外に出ない？」

「あ、でも……」

カフェはゆっくり話せるというイメージだったので、他の行き先は考えていなかった。

「ただでゆっくり話せる場所、知ってるんだ」

そうやってヨシヤに茶目っ気たっぷりに、ニヤリと笑ってみせられると、航太としてはもう頷くしかない。

席を立つとヨシヤが肩に手を添えてきて、航太は驚いて飛び上がった拍子に、うっかりタンブラーの中身を零《こぼ》しそうになった。

「すみません。わ、背、高いですね」

店の外に出て並んで歩いてみると、見上げるような身長差が新鮮だった。

「そうかな？　航太も高いよ？」

見下ろしてくるヨシヤは、整った眉をふわりと上げて意外そうに言った。

「でも百八十ないですよ。四センチ足らなくて」

やっと普通に話せるようになってきた、と航太が思ったのも束《つか》の間《ま》だった。

「七センチ差か。知ってる？　それくらいの身長差が、同性同士だとキスしやすいんだって」

「えっ！　ええっ」

言われたことに驚いて往来で立ち止まると、ヨシヤは声を立てて笑った。

「航太は可愛いね」

「か、からかわないでくださいっ。やっと慣れてきたのに」

真っ赤になって後ずさった航太の背中に、ドンッと何かがぶつかってきた。

「わっ……」

「っと……」

ヨシヤに腕を摑《つか》まれてドキッとするが、まずは衝突相手に謝らなければならない。

「申し訳ありません」

振り向くと、アルコールの臭いを放つおじさんに睨み付けられてしまった。

「チッ、邪魔だっ」

思わず顔を顰《しか》めたくなる臭いだが、ぐっと堪《こら》えて航太は頭を下げた。

「すみませんでした」

もう一度ギロッと睨んできたおじさんは、よろよろとかなり怪しい足取りで去って行った。

まだ出来上がるには早い時間だが、大丈夫だろうか。

「ごめんね、俺が調子に乗ったせいだ。飲み物は零れなかった？」

「と、とんでもないです。大丈夫です。ありがとうございました」

「今日はバイト帰り？」

ヨシヤの視線が航太の背負っているリュックに注がれる。

「朝から大学に行ってました」

「土曜も講義取ってるの？」

「公務員を目指してて、対策講座を受けてるんです」

「へぇ、すごいじゃないか。大学はどこか聞いてもいい？」

返ってくる反応を予想しながら、隠すのは性に合わない航太は素直に大学名を答えた。

「航太は賢いね、公務員も十分現実的だ」

「あーいえ、そんなことは……」

つい声が沈んでいく。国立大学なので、確かに勉強はできる部類に入るだろう。

でも航太には、褒められても素直に喜べない事情があった。

「ん？」

気まずさが顔に出てしまったのか、ヨシヤは腑《ふ》に落ちないといった雰囲気だ。

「いえ、なんでもないです。ところで、どこに行くんですか？」

「ないしょ」

フフッと笑ったヨシヤは、形のいい唇に人差し指を当てる。そんな姿が、なんの違和感もなく様になるヨシヤにまた赤面しそうになり、航太はさり気なく、そっぽを向いた。

それから十分ほど歩いて着いた場所は、公園だった。

ジョギングコースや遊具、花壇や木々、自然もいっぱいの大きな公園で、確かにここなら人も密集していないので話しやすい。

――どうして思いつかなかったんだろう。

「俺は仕事で結構こういう所、来てるんだ」

ちょっと得意げに言うヨシヤに、胸が躍ったのも束の間、ある可能性がすぐに浮かぶ。

「……そうなんですか」

ヨシヤはきっと他のデートで、こんな所にも来ているのだろう。相手は女性、それとも男性なのだろうか。

――そもそも、彼はゲイなのか？

個人的な質問はＮＧなので、聞いていない。

でもヨシヤが教えてくれたのは、想像と違って気の毒な話だった。

「つい最近だと、落としたピアスを探して欲しいっていう依頼があってさ、懐中電灯持って一晩中こんな姿勢だよ」

ヨシヤは腰を曲げて、そのときの様子を再現してくれる。芸能人みたいなオーラの彼には、全然似合わない。

「辛《つら》いですね」

背を伸ばした彼は頷き、親指と人差し指をくっつけて顔を顰めた。

「何せ、こんな小さなダイヤのピアスだからね」

「見つかったんですか？」

ヨシヤは、少し誇らしげにしっかりと頷いた。

「うん。清掃が入る前に、見つかってよかったよ。奇跡だよね」

砂や芝生の上の小さくキラリと光るダイヤモンドを想像して、航太は目を見開いた。

「わぁ、まじですか」

ヨシヤはずいっと顔を近付けてきて、航太の口調を真似る。

「まじですよ。デートで来たと思った？」

「えっ、お、俺、何も言ってませんっ。きっと、すごく大切なものだったんですね」

「ああ」

一際優しい笑顔で頷いたヨシヤは、なんの脈絡もなしに手首を掴んできた。

えっ、と驚いて変な顔をしてしまったが、彼はお構いなしに航太を引き寄せる。

「あっちに座ろうか」

「は、はい……」

ヨシヤの手の温《ぬく》もりが伝わってくる。自分とは違う体温がそこにある。改めてそんなことを不思議に思った。じわっと心まで温かくなる。でも、こんなに綺麗《きれい》な人が相手だと、ゲイだろうがそうじゃなかろうが、誰だってドキドキするんじゃないだろうか。

「航太がメッセージで話してくれたことだけど、個人的な経験談を話せるような相手じゃなくて、ごめんね。最初に謝っておくよ」

ベンチに腰掛けると、ヨシヤがそう切り出した。ゲイかどうかを知りたいから、男の人とデートしたいという話はデート前のやり取りで彼に直接伝えていた。

「いえ、そんな……」

けれど、急速に心が萎《しぼ》んでいくのを感じた。

これでヨシヤはゲイじゃない説が濃厚になった。勝手だけど、同じじゃないのは残念だ。

「でも、なんでも安心して話して欲しいと思ってるよ」

「ありがとうございます」

ヨシヤは、ベンチの背に腕を乗せて航太の方に身体《からだ》を向け、聞く姿勢を取ってくれる。

大きな、縦に長い花壇が続くこの場所は、公園の敷地の一番奥にあり、少し離れた場所を行き交う人たちはいるが、近くには誰もいなかった。

「お、俺……」

「うん」

「ゲイに見えますか？」

会ったばかりの人に聞くことじゃない。だけど、いざヨシヤと二人きりで向き合うと、どう切り出していいか分からなかった。

「無責任なことは言えないなぁ」

ヨシヤは少し困った顔をして、だが優しく答えてくれる。

「急いで決めなくていいんじゃないかな？」

「でも友達を傷付けてしまったんです。ゼミの女の子なんですけど、今度こそ、この子と付き合うことになるんだろうなってデートしたら……逃げ出したくなって」

なんて酷《ひど》い奴《やつ》なんだろう。自分で言ってて嫌になる。航太は膝に肘をつき、頭を抱えた。

「逃げ出したくなっちゃったのか。うーん、友達だったときとは、違ってた？」

「はい。俺、最低ですよね。だけど、いつもと違う目で見られるとなんか——」

どうしたら、このモヤモヤがうまく伝わるだろうかと航太が顔を上げると、視界に気になる光景が飛び込んできた。

「あれ？」

航太が首を傾げる。ヨシヤも首を巡らせ、航太の視線を辿《たど》った。

「さっきの酔っ払いか」

彼の言う通り、来る途中にぶつかったおじさんだ。さっきよりも蛇行しながら花壇を挟んだ向かいの砂利道を歩いている。

「怖いの？」

そっとヨシヤが肩に手を置いてくる。そんな優しさには慣れていない。どぎまぎしながらも、航太は首を横に振った。

「そうじゃなくて、大丈夫でしょうか?」

今にも転びそうだ。ハラハラしながら見守っていると、急におじさんが視界から消えた。

「あっ……」

「あっ……」

ヨシヤと同時に呟《つぶや》いた。恥ずかしさも忘れて顔を見合わせる。

「消えましたよね」

「ああ、消えたね」

花壇の高さと距離が邪魔して、何が起こったのか見えない。おじさんの姿は依然、消えたままだ。転んだのか、倒れたのかどっちだろう。

航太がベンチから立ち上がると、ヨシヤに腕を摑まれた。

「航太、あんまりジロジロ見ない方が――」

「確かに酔ってましたけど、決めつけちゃだめです。怪我《けが》か病気かもしれないので、確かめないと」

ヨシヤの手がまるで熱いものにでも触れたかのようにビクッと跳ね、航太から離れた。

同時に航太は走り出していた。

花壇を飛び越えるのは無理がある。向こう側へ行くには遠回りする他ない。

「大丈夫ですか？」

倒れたままのおじさんのそばに辿り着くや否や跪《ひざまず》き、航太は彼の両肩を叩《たた》く。

反応がない。呼吸の有無を確認。

脈を探りながら周りの人に助けを求めようとするも、一番近くにいたカップルは目が合うなり、くるりとUターンして逃げ出した。

――うわ、本当にまずいかもしれない。

脈拍微弱で、呼吸もおかしい。航太は彼の胸に手を置いて、すぐに胸骨圧迫を始めた。

「航太っ！」

走ってきたヨシヤの姿を見て、少し気持ちが落ち着いた。

「救急車をお願いします！」

「分かった。怪我だよな？」

「え？」

「頭から血が出てる」

言われて初めて気が付いた。

花壇に頭をぶつけたのだろう、砂利に赤黒い血が染みていた。でも出血量や状態を考えると、おそらくこれが原因じゃない。

「いえっ……出血……多くないし、脈と呼吸が止まって……」

胸骨圧迫に意識を集中しつつ、航太は途切れ途切れに説明した。

ヨシヤが頷くのを視界の端で確認し、航太はこの状況に相応《ふさわ》しくない往年のダンスナンバーを頭の中で流し、乱れかけたリズムを保った。

砂利の上で膝は痛いし、これは結構な体力が要る。すぐに長袖の下に着ているTシャツが汗で肌に纏《まと》わりついてきたが、そんなことは気にしていられない。

「航太、替わろうか？」

電話を終えたヨシヤがそう申し出る。

「まだっ……あの、ＡＥＤを――」

「分かった」

そうこうしているうちに、どこからか集まってきた人たちも協力し始めてくれた。

途中でヨシヤと合流したらしい救急隊も駆けつけ、航太はこれまでの一部始終を伝えた。

処置のお陰で彼は助かりそうだという言葉を残し、担架が去っていくのを見届けると、周りから拍手が起こった。

「すごかったですね！」

「医大生さんですか？」

興奮状態で話しかけてきたのは、途中で胸骨圧迫を替わってくれた夫婦だった。

「あ……えっと……」

何か答えようと口を開きかけると、今度はそれまで遠巻きに見ていたらしい女子高生二人組が、駆け寄ってきた。

「酔っ払いだと思って怖くて……医大生さんなんですか？」

見上げてくる目がきらきらと熱っぽい。その圧に、思わず航太は身を引いてしまった。

「いえ、俺は……」

額に浮いた汗を上腕で拭《ぬぐ》っていると、腕がぷるぷるしているのに気が付いた。胸骨圧迫をしていたのだから、当然だろう。

「いいお医者さんになりますね」

夫婦の奥さんの方には、そんなことを言われてしまった。

無理に笑顔を作ろうとしたが、ちゃんと笑えていなかったと思う。うまく答えられないのは、心のモヤモヤのせいだけじゃなくて、震えが止まらないからだ。腕だけじゃない、脚もガクガクしていた。

航太は視線でヨシヤを探した。他の人に捕まっていた彼は、すぐに気付いて駆け寄って来てくれた。

「航太？　大丈夫？」

さり気なく両肩に手を置くように支えてくれたヨシヤは、航太が何か答える前に、その場から連れ出してくれた。

今更になって、急に怖くなった。

「もしかしたら、あの人、亡くなってたかもしれないって思うと……やってる最中は平気だったんですけど……」

血液には触れていないが、念のため公園のトイレで震える手を洗いながら、航太は言い訳がましいことを口にしていた。

「当然だよ、いや、当然なんてものじゃない。普通はできないことだよ。よくあれだけの対処ができたね」

さっき周りにいた人たちのように、声高に褒められると居心地が悪いと感じただろう。でもヨシヤの静かな口調は航太の気持ちに寄り添ってくれるものだった。

彼は宥《なだ》めるように肩を撫《な》でてくれ、近くのベンチに座らせてくれた。

だから今度は、落ち着いて話すことができた。

「うちの家族は、みんな救命講習を受けることになってるんです。父が熱心で」

救命講習では、脈を取るのは難しいのでしなくていいということになっているが、父親のおかげで航太にはお手の物だ。

ただ、実際に必要とされる状況に遭遇したのは初めてだった。

「お父さん、お医者さんなの？」

救命講習と聞いて目を丸くしていたヨシヤの言葉に、航太は頷く。救命講習に熱心な家族はあまり一般的とは言えないだろう。

「はい、父だけじゃないんです。兄二人、従兄《いとこ》、伯父さんも。父方は、ほぼ医者なんです。でも俺は、医大に入れるほど頭が良くなくて」

自ら進んで打ち明けることはあまりないが、親が医者だと話すと、みんな航太も医者になるのかと聞いてくる。それが嫌で先回りして、こうやって自己申告することにしている。

「ああ、そういうことなのか」

ヨシヤが静かに呟く。

「航太は医者になりたかったのか？」

医大には入れなかったと話した後に、こんなことを聞かれたら、普通は無神経だと思うかもしれない。でも彼のゆっくりとした優しい口調に興味本位なところは微塵《みじん》もなかった。寧《むし》ろ、モヤモヤを吐き出させるために、聞いてくれているのが伝わってくる。

「はい。周りがそうだから自分もなるんだって、それが当たり前なんだって思ってました。だから、大学に落ちたときはショックでした。今は、もうやりたいことも見つかりましたし、未練はありません」

「それで公務員に？」

「はい。俺が目指せる一番人の役に立てる仕事が、公務員だって思ってます。さっき、すごいですねって言われても、モヤモヤして。倒れた人は命の危険があったわけで……すごいとか言ってる場合じゃないというか……」

航太が、つらつら話している間、神妙な顔で俯《うつむ》いていたヨシヤがぽつりと呟《つぶや》いた。

「役人がみんな航太みたいならいいのにな」

「が、頑張って、絶対、合格します！」

重くなってしまった空気を和まそうと、ガッツポーズを決めるが、ヨシヤは悲しそうに微笑んだだけだった。

見ている方が切なくなってしまうような、理由は分からないが苦しそうな顔だった。

いつの間にか、さっきまで陽《ひ》に同化していた街灯の存在感が増していた。

「あっ――」

そのとき、航太は初めて辺りがすっかり暗くなっていることに気が付いた。スマホで時間を確認すると、ヨシヤとの一時間半はとっくに終わっていた。

「すみません！　オーバーした時間分、お支払いします！」

財布の中身を思い出しながら、さっきまでとは違った意味で血の気が引いてきた。

「気にしなくていいよ。緊急事態だったんだから」

「でも――」

ヨシヤは優しく微笑んで立ち上がった。

「俺も分かってて黙ってたんだよ。さ、公園の出口まで一緒に行こうか」

「……すみません。お願いしてもいいんですか？」

ヨシヤは時間が過ぎているのに、航太が手を洗ったり喋ったりしてる間も急ぐ素振りを微塵もせずに一緒に居てくれたのだ。

申し訳ないのに、胸の辺りが温かくなる。

でも果たして、デートの目的は達成できたのだろうか。よく分からない。色々あり過ぎて、頭がまともに働いている気がしない。

「ごめんね、駅まで送りたかったんだけど、今度こそ次の仕事の時間だ」

出口まで来ると、ヨシヤは申し訳なさそうにそう言った。

「いえ、こちらこそ。時間、大丈夫ですか？」

さっさと退散すべきだと思うが、航太は後ろ髪を引かれた。

「ああ。航太みたいな良《い》い子と過ごせてよかったよ、ありがとう」

ヨシヤの手が、そっと航太の指先に触れた。ピリピリと痺《しび》れるような感覚が身体を突き抜ける。

たった一時間半と少しだったが、自分のことを誤魔化したり隠したりせずに誰かと一緒にいられたのは、恋愛も何も知らなかった子どもの頃以来だ。

「俺も、一緒に過ごせてよかったです。本当にありがとうございます」

これでもうヨシヤには会えないのだと思うと、勝手に口が動いていた。

「また会えますか？」

恐る恐る顔を上げた航太に、ヨシヤは優しく聞き返してくる。

「次のデートのお誘い？」

「……さっきのインパクトが強過ぎて、まだ結論が出そうにないというか……」

「——オーケー、いいよ」

一瞬、断られるのかもしれないという間があった。航太は微笑んでくれたヨシヤに、ほっとして肩の力を抜いた。

「ありがとうございます」

「会社からメールが行くから、その後、またメッセージで話そうね」

「はい、連絡待ってます」

「また会えるのを楽しみにしてるよ」

航太はもう一度頷いて、ヨシヤと別れた。少し歩いて、でもヨシヤが気になって振り返ると、彼はまだこちらを見ていた。呆れたように笑って、手を振ってくれる。

それが嬉しくて航太は口元を綻《ほころ》ばせ、バサバサ手を振り返した。そのうちに彼の手の振り方が、横から上下に変わった。早く行けということだろう。

また会える——それだけで世界がキラキラして見え、ウキウキしてくる。

航太はにっこり笑うとヨシヤに向かって大きくお辞儀し、今度こそ足取り軽く駅に向かった。

航太が塾の講義を終えてスーツから私服に着替えていると、例の彼女をレンタルした講師仲間の瑛司《えいじ》が更衣室に入ってきた。

「お疲れ！　あれ若菜《わかな》、もう終わり？」

「うん、今日は夕方からの二コマだったんだ」

「まじかよ、俺も帰りてぇよ」

今は夜の七時過ぎだが、平日の塾のバイト上がり時間としてはかなり早い。

同い年の彼は、こうやってすぐ不真面目なことを言うのが玉に瑕《きず》だけど、教えるのは上手《うま》いし、気さくなので生徒にも人気がある。

「若菜、何ニヤニヤしてんだよ？」

「えっ」

もちろん、航太は早く帰れるので喜んでいたわけじゃない。

今からヨシヤと約二週間ぶりに、二度目のデートなのだ。

「生徒さんにも言われたけど、そんなに？」

「お前、めちゃくちゃ顔に出やすいもん」

姿見の前に移動した航太は、なるほど確かにニヤけた頬を叩いて、服装をチェックした。新調したネイビーのジャケットは、断じて自分をよく見せたいわけじゃない。ちょっといい店に夕食の予約を入れてあるからだ。

「女か？」

そう聞かれて、航太は少し我に返った。

本当のデートなら、もし相手が女の子なら、友達にも話せる。が、相手はゲイかどうか確かめるために自分で雇った便利屋さんだ。

いや、こんなにウキウキしている時点で、確かめるも何もないのかもしれない。でも今はそのことを自分に問いただしたくなかった。

「なぁ、前にレンタルした『彼女』と、その後どうなったんだ？」

「お前、もしや今日の相手って——」

瑛司はネクタイを巻いていた手を止め、目を丸くした。

「いや、違う違う！」

「そりゃそうだよな。お前みたいな爽やかイケメンには必要ないだろ。彼女と？　向こうは商売だし、そんな期待するほど馬鹿じゃねぇって」

言い当てられそうになったのを煙《けむ》に巻いたのはいいが、瑛司の言葉はグサリとくる。

「でもお客さんに惚《ほ》れたりしないのかな？　そもそも、その人、なんでその『彼女』の仕事やってるんだ？」

相手にとっては仕事だということは、航太にも分かっている。でも一体、どんな心境なのだろう。ヨシヤには聞けない疑問をつい口走ってしまう。

「俺が指名した子は、アイドル志望だってさ。『いろんな人のお話を聞いて、癒《いや》しになりたいんですぅ』って言ったそばから、俺のデートプランと他の奴のと間違えてやがったけどな」

苦笑いで瑛司の言葉に応じながら、航太の心中は複雑だった。雇われる側にとっては、あくまでビジネスだ。だからこそ航太だって、ヨシヤに自分の気持ちを確かめるため、デートをして欲しいと頼めたのだ。

――それを忘れないようにしないと。

航太は鏡に映る自分に向かって、戒めるように頷きかけた。

塾を出た航太が、ヨシヤと夕食の待ち合わせをしているレストランに着くと、まだ十分前にもかかわらず、彼の方が先に来ていた。

航太に気付くと、ヨシヤはふわりと微笑んで手を振ってくれる。

「こんばんは、お待たせしました」

航太は、ふわふわした気持ちになり笑顔でヨシヤの元に駆け寄った。

「急がなくていいんだよ。俺が早めに着いたんだ」

「俺も早めにって思って……とりあえず迷わず来れたのでよかったです。この辺り、全然知らなくて」

今日のデートは表参道《おもてさんどう》だ。上京して三年目だが、今まで来てみようと思ったことすらなかった場所だ。

「だったら、駅まで迎えに行けばよかったね」

「い、いいえ。申し訳ないですよ」

「出身はどの辺りだっけ？」

「神奈川《かながわ》です。東京《とうきょう》には大学に入るときに越してきて」

ヨシヤはトンッとじゃれるように、航太の腕を叩いてきた。

「じゃ、昔から遊びには来てただろう？」

「うち田舎ですし、あんまり……それより、なんかここ豪華ですね」

「航太が選んでくれたんだよ」

ヨシヤと腕の触れ合う位置で、航太はレストランの入っている建物をポカンと見上げた。

どっしりとしたレンガ造りのビル。両開きの鉄門は全開でウェルカムモードだが、一人では入りづらいゴージャスさだ。

「ネットで見たチーズフォンデュの写真がすごく美味《おい》しそうで、食べてみたくて」

それも嘘《うそ》じゃないが、本当は、今から二時間、航太の『彼氏』であるヨシヤに満足してもらえそうな場所を必死に探した。

場所も金銭的にも、航太にとってはかなりの背伸びだが、相手は大人の、それも物語から飛び出してきたのか、というような魅力的な男性だ。

ベージュ色のジャケットを上品に着こなしているヨシヤを見て、彼は何者なのだろうという疑問が湧《わ》いてくる。

瑛司がレンタルした『彼女』みたいに、彼も芸能人だったりするのだろうか。

「ヨシヤさんって、モデルとか俳優の仕事してるんですか?」

「俺はただの便利屋だよ。今日も対策講座の帰りかい?」

くすりと笑い、ヨシヤは最低限の答えで話題を変えてしまった。

「いえ、今日は授業と塾のバイトでした」

やっぱり聞いてはいけないことだったのか。後ろめたさのせいか、ヨシヤは何も態度を変えていないのに一線を引かれたような気がした。

でも二週間経ったのに、ちょっと話しただけの対策講座の話を覚えていてくれたのは嬉しい。

店員に案内され、窓の外が見えるL字ソファとテーブルが配置された半個室の席に着くと、ヨシヤが再び口を開いた。

「ここなら完全に二人きりだね」

「は、はいっ」

ちょっとギクッとしたのは、この店を選んだもう一つの動機が、まさに二人きりになれるからという不純なものだからだ。

でも、並べられた料理を見た航太は、今回のデートプランは正解だったんじゃないかとちょっと得意になった。

チーズフォンデュのふつふつしたチーズはこれでもかというほど食欲を誘う。

「めちゃくちゃうまそうですね……」

小さなテーブルにフォンデュを囲むように置かれたのは、茹《ゆ》で野菜やウインナーだけじゃない。牛肉の赤ワイン煮込み、フレッシュなオレンジがゴロゴロ入って、きらきらしたジャムみたいなソースが掛かっているサラダ。そして白ワイン。デザートにはアイスクリームケーキが出るらしい。

「お医者さん一家だったら、いつもいい所に食べに行ってるだろ？」

航太の驚きが大袈裟だったのか、ヨシヤはくすくす笑う。

「そんなことないですよ、医者っていっても父は大学病院勤めで、兄二人が医大生、俺も一人暮らしさせてもらってますし、みんなが想像してるような金持ちじゃないですよ。それにうちはみんな母の料理の方が好きなので、外食は結婚記念日とか母の誕生日くらいです」

「へぇ、すごい家族だね」

ヨシヤは不思議そうな顔をしている。家族総出で救命講習を受けるし、両親の結婚記念日までみんな揃《そろ》って祝うのは友達からも変わってると言われるので、引いているのかもしれない。

「ヨシヤさんこそ、こういう所にはよく来るんじゃないですか？　その、レンタルで」

航太は、ジャガイモにとろっとしたチーズを巻き付ける。野菜そのものがアパートの近所で買っている物と違う。とても美味しい。だからつい浮かれてそんなことを聞いてしまった。

「いや、そんなことないよ」

塾で自分を戒めたのにもかかわらず、こうして二人で話していると、許される範囲でいいからヨシヤのことが知りたくて、もどかしい気持ちになる。

「じゃ、男同士って、どこでどんなふうにするんですか？」

スティックを持ったヨシヤの手がぴたりと止まる。なぜか眉を顰《ひそ》め、探るような目を航太に向けてくると、うーんと顎を擦《さす》った。

「一般的に、デートで行く場所を聞かれてるって思っていいのかな？」

「はい、えっと、それもなんですけど、どこでみんな出会ってるんだろうって……」

何が変だったのか分からないけれど、航太が言い換えると、ヨシヤはあからさまにほっとした顔で肩の力を抜いた。

「ああ……ごめんね、セクシャリティがどうって以前に、航太くらいの年齢の子がどうなのか分からないな。一回りくらい離れてるだろう？」

「一回りよりは近いです」

一度目に会ったときから、ヨシヤはゲイじゃなさそうなことを言っていたし、またも自分たちは全然違うのだと仄《ほの》めかされると寂しくなる。

航太が唇を尖《とが》らせると、ヨシヤは小さく笑った。

「それにしても、顔も知らない三十路《みそじ》の男とよく会う気になったね」

「便利屋さんだし、危なくないと思いました」

「デート相手の容姿は気にならなかったのかい？」

あのとき航太は藁《わら》にも縋《すが》る思いだったし、顔で選べとかどんな外見の人がいいかと言われても、やっぱり困っていただろう。

「見た目より、デート相手として話せる人っていうのが俺にとっては大事でした」

「なるほどね」

ヨシヤは頷くと、ワイングラスを傾けた。

「さっきの話だけど、どんな出会いもありじゃないかな。でも恋人を探すときは、ちゃんと相手の顔は見てからの方がいいよ。カッコいい悪いの話じゃなくて、何となく顔に滲《にじ》み出る性格とか生き様をしっかり見た方がいい。一般的にはバーとか、ネットでの出会いが多いんじゃないかな。どっちも試したことはないのかい？」

航太はスティックに刺したプチトマトを口に入れると、ソファの背に凭れて自分の手元に視線を落とした。

「ありません。出会いたい人が集まってるのに、迷ってる自分が入るのは失礼かなって。もっと自然に知り合えればいいんですけど」

ただ話をしたり食事をしたり遊んだり、そんな中で惹《ひ》かれ合って恋をしたい。でもそれは途方もなく贅沢《ぜいたく》なことを望んでいるような気がしてきた。

ヨシヤは持っていたワイングラスを置いて、ソファの背に腕を乗せると航太の方へ身体を向けてきた。

「そんなに構えないで。ゲイの人と会って、話をしてみるのもいいんじゃないかな」

「……俺にはまだハードルが高く感じてしまって」

どうしても抵抗がある。認めてしまうと、自分のまわりに壁ができてしまうような気がする。

「なんでヨシヤさんは、この仕事をされてるんですか？」

航太は心細さを押し殺し、顔を上げた。でもまだ食べ物に手を伸ばす気分にはなれなかった。

「航太が公務員を目指してるのと、同じ理由だよ」

「人を助けたいから？」

「そうだよ。航太、もう肉食べないの？」

「じゃ、これだけ。あとはどうぞ」

ソーセージを一本もらおうとすると、横からヨシヤがスティックを刺した。

「食べさせてあげる」

「え?」

ヨシヤはそれにたっぷりチーズをつけると、航太の前に持って来た。

戸惑っている航太を見て、ヨシヤは口元を綻ばせる。

「デートっぽいだろ?」

「あ、は、はいっ」

少し沈んでいた気持ちが、一気に恥ずかしさとドキドキに変わっていく。

「ん……美味しいです」

口の端を伝ったチーズを掬《すく》おうとすると、伸びてきたヨシヤの指が先に航太の唇に触れた。

「あ……」

ヨシヤと目が合った。天井から下がっているランプに照らされた彼の瞳は、文字通り輝いている。心臓がバクバク音を立て、今まで普通に息をしていたのが嘘みたいで、どうやって呼吸をしていいのか分からない。

「航太がデートしてみようと思った目的、まだ達成してなかったね」

ワントーン低く、ヨシヤが囁《ささや》きかけてくる。

「えっ……」

急に艶《つや》めいた空気から逃げ出したくなるのと同じくらい、この未知の状況に期待感が高まる。

「ほら、おいで」

ヨシヤはチーズも真っ青の蕩《とろ》けるような笑みを浮かべ、さらに航太との距離を詰めてきた。

――おいでってなんだ？

肩にまわったヨシヤの腕が、航太を彼の胸元に引き寄せ、両腕が心地よく身体を締め付けた。

「っ……！」

航太は文字通り息を止めたまま、彼の腕の中で固まった。

誰かに抱き締められるなんて初めてで、どう存在していいのかすら、もう分からない。ガタガタ震えるか気絶しそうな航太の肩を、ヨシヤが宥めるように撫でてくれる。

「そんなに硬くならないで、力、抜いて？」

くくくっと、ヨシヤが笑う。その振動のすべてが航太の身体にも伝わってくる。そうやって腕の中で肩を撫でられ続けていると、全身に入っていた力が徐々に抜けてくる。

「そうそう。それでいい」

優しく甘やかすようなヨシヤの囁き、段々馴染《なじ》んできた体温に、今度は身体を支えている方が難しくなってくる。

――止めた方がいい。

そう思うのに我慢できず、航太はついに自分の両腕を彼にまわしてすっかり体重を預けた。腕に感じる彼の身体は、見ていた以上の厚みがあって心地いい。ふーっと大きく深呼吸して、爽やかで少しフルーツっぽい甘さもある彼の纏《まと》う香水の香りで肺を満たした。

「何か分かりそう？」

「あ……えっと……」

ただただふわふわしていて、何も答えられない。

「もう少し、こうしてようか」

ギュッと腕に力を籠《こ》められると、心臓がビクッと跳ね上がり手足に鈍い痺れが走った。

航太はヨシヤの胸に頬を押し付ける。テーブルを満たしているはずのチーズの香りが分からなくなる。

「……ずっと、何をしてても、この問題が頭のどこかにあって……バーとかサイト以外でも、出会えると思いますか？　想像つかないんです」

ヨシヤがこの拠《よ》り所《どころ》のなさから救ってくれたらいいのに。その思いがそのまま、彼の背中にまわした手に籠《こも》ってぎゅっと力が入ってしまう。

急にガシガシと頭を撫でてきたヨシヤは、あっさりと航太の身体を離す。

「サークルは？　大学生なら出会いもいっぱいあるだろう？」

身体を離されて残念に思っているのが伝わったのかもしれない。少し厚くて硬いヨシヤの指先が、所在無げにソファに落ちた航太の手の甲を優しく撫でる。

「入ってますけど、出会いはありませんでした。もう少ししたら引退を考える時期です」

「そうなのか。三年の後期ってそんな感じなんだね」

ヨシヤが、そっと手を握ってくれる。

あちこちでいちゃついてるカップルは、こんなにすごいことをしながら普通に会話をしているのか。今までも羨《うらや》ましいとは思っていたが、もっとふつふつとした感情が湧いてくる。

せっかくヨシヤが自分のために色々考えて話してくれているのに、意識のほとんどが触れ合っている部分に集中していた。

「まだ二十一だよね、心配しなくて大丈夫だよ。男性か女性か分からないけど、そのうち本物の恋人ができるよ。せっかくバイトで稼いだお金で『彼氏』をレンタルするなんてもったいない」

「……」

きっとヨシヤは優しい人なのだろう。

大学三年生だと伝えたのは最初にメッセージを送ったときだけなのに覚えてくれていて、学生の懐事情にも気遣ってくれる。

だけど、居もしない未来の恋人の話なんてしても嬉しくない。

航太は、沈黙したまま手を引いた。ヨシヤは気にも留めないだろうが、細やかな不満の意思表示だ。

「ちなみに、なんのサークルなんだい？」

「……ボランティアのサークルです」

「本当に航太は、人のために何かするのが好きなんだね」

褒められて甘やかされて、美味しい食事をして――本物の恋人を探せなんて言われなかったらもっと喜べた。でもそんな気持ちを素直にぶつけるわけにはいかないので、無理に微笑む。

「老人ホームにレクリエーションのお手伝いとかで行くんですけど、人のためっていうか、喜んでもらったり、楽しそうにしてくれるのを見ると自分が嬉しいんです」

「分かる気がするよ」

「――ヨシヤさんも？」

「うん、そんな感じかな」

「人を助けたいとか、人を笑顔にしたいとか友達に話すと、優等生ぶってるとか真面目過ぎるって言われませんでした？」

ヨシヤが分かると言ってくれるから、気負ったり場の空気を読んだりせず、つい前のめりになってしまう。

「学生の頃はそうだよね。なぜかヘラヘラしてる方がカッコイイって思うんだよね」

「どうしてだと思います？」

「さぁ。気にしなくていいよ。結局、人間はしたいことをするしかできないんだから」

「こんなふうに話せる人、初めてだ……」

航太は笑みが零れるのを抑えられない。溢《あふ》れる感情に流され、でも控えめにヨシヤの肩に身を寄せた。

まるで引力が働いているみたいに、彼に吸い寄せられてしまう。

会ったばかりなのに、自分でも信じられないが、ヨシヤに惹かれている。

ある程度の年になってから、友達に次々と好きな人ができていくのが不思議だった。でも今なら分かる気がする。案外、人は簡単に誰かを好きになるのかもしれない。

「酔った？」

黙ったままでいると、ヨシヤが顔を近付けてきた。

「ワイン一杯だけですよ。平気です」

でも僅《わず》かに肩で触れ合っているだけの彼の体温が心地よく、ちょっと眠くなってきた。これではだめだと、航太は身を起こし、残っていたフランスパンを固くなったチーズに突っ込んだ。

料理はほとんど食べ尽くした。もう帰る時間が近付いている。

――帰りたくない。また会いたい。

熱に浮かされたように、ぽーっとしている航太の頬を、ヨシヤは指の背でそっとひと撫でしてきた。航太は驚いてハッと息を飲んだ。

「それで、どうかな？　依頼してくれた目的は達成できた？」

ヨシヤの言葉に、一気に頭が冷える。

「……」

嘘はつけない。

でも正直に答えたくない。

答えたら、彼はきっと——。

そんな葛藤《かっとう》に猶予を与える絶妙なタイミングで、店員が「失礼します」とパーティションをノックしてきた。

運ばれてきたアイスクリームケーキのお陰で、話はそこで終わった。

でも食べ終わってのんびりする暇はなく、航太があらかじめセットしていたスマホのアラームが鳴った。

「そろそろ時間です」

航太はジャケットに手を突っ込んで、嫌な電子音を止めた。

「もしかして、前回のこと気にしてる？」

「はい。今回はちゃんと時間守ります」

でもデートでアラームとは色気がないし、自分でやっておいてなんだが、一気に現実に引き戻された気がする。

「別にいいのに。今日はどのみち、駅まで送ってくつもりだよ」

「いいんですか?」

申し訳ないような気もしたけど、また会いたいと言えていないし、すぐに別れるのは寂しい。

ところが店を出ると、ヨシヤは来た道とは違う方向へ歩き出した。

「駅、こっちですか?」

航太は詳しくないので、違う道もあるのだろう程度の気持ちで尋ねた。

「ちょっと遠回り」

「でも時間は……」

ヨシヤは答えず、航太の手首を摑んで歩くスピードを速めた。

大通りを外れ、街灯があまり届いていない路地に入っていく。

「ヨシヤさん——」

ぐいっと身体を引き寄せられて、何がどうなったのか、航太はビルの壁に押し付けられていた。

「っ……!?」

航太はわけが分からず目を瞬いた。

「あ、あの……」

覆い被《かぶ》さるように航太を見下ろすヨシヤの顔が、鼻先の触れ合いそうな近さにある。

失神するかと思った。

何かを確かめるように、じっと航太を見詰める瞳からは、真剣だということ以外読み取れない。

「航太」

ヨシヤは宥めるように名前を呼んできて、航太の髪に手を滑らせた。

「お、俺の髪なんか触っても……」

テンパってわけの分からないことを口走った。でもヨシヤもそう思ったのか、すぐに髪を撫でるのを止めた――と思ったが、その手が肩にまわり、今度はぎゅっと抱き締められた。

「ヨ、ヨシヤさん……」

座って抱き締められたときより、身体が密着する。

これもデートの一環なのだろうか。

あまりに親密な感じに、膝から崩れ落ちそうだ。

「嫌じゃない？」

ヨシヤは顔を上げて、視線で航太の唇をなぞる。

「……」

何か答えようと薄く唇を開くが、視線が気になって言葉が見つからない。

――嘘だろ……キスされる？

下手に動いたら唇が触れ合いそうだ。ごくりと喉が鳴る。まるでキスしたいと言っているみたいだ。

「キス、してみたい？」

「っ……」

不埒《ふらち》な考えをそのまま言葉にされ、航太は目を見開いたまま固まった。暗がりの中でも分かるんじゃないかというほど、顔がカッカして熱い。

「な、なんで……」

したいに決まってる。

でもこうして綺麗なヨシヤの顔が至近距離にあるだけで、キャパオーバーだ。

いや、違う。それ以前の問題だ。

越えてはいけない一線がある。

航太が混乱していると、ヨシヤはまた急に身を引いた。

「そんな可愛い目でじっと見上げてる場合じゃないだろう。俺が無理矢理ホテルに連れ込んだら、どうするんだ？」

「えっ、ヨシヤさんはそんなことしない」

分かり切ったことを告げると、ヨシヤは少し苛立《いらだ》ったように綺麗な髪をかき上げる。

「俺自身のことは、何も知らないだろう？」

親密な空気は一転した。

口調も態度も変わっていないのに、漂っていた熱っぽさがスッと消え、ヨシヤの眉間に僅かに皺《しわ》が寄る。

「今日会ったとき、公務員対策講座だったのかって聞いてくれたじゃないですか」

「それがどうしたの？」

「俺が大学三年生だっていうのも、また会うかも分からないのに覚えててくれた。この前だって、時間過ぎてたのに落ち着くまで一緒にいてくれた。それに、ヨシヤさんは男を襲いたいなんて思わないのも分かってます」

航太だって、ヨシヤの話してくれたことは全部覚えている。ゲイではないと暗に仄めかされたことは、忘れたくても忘れられない。

だが、ヨシヤはあからさまに納得のいかない様子で腕組みをする。

「金銭目当てなら性別は関係ないだろ？」

ヨシヤはそんなに自分のことを悪く思われたいのだろうか。

どうして？

思えるはずなんてないのに。伝わらないもどかしさに、ふるふると首を振る。

「俺がお金持ちじゃないって知ってるじゃないですか。さっきもレンタルなんてもったいないって心配してくれました」

言いながら、もう告白しているような気分になってくる。

たった二回しか会っていないのに、胸が閊《つか》えそうなほど苦しい。

「そうやって俺のこと覚えていてくれたり、優しくしてくれるのは、『彼氏』のヨシヤさんじゃないヨシヤさんでも、きっと同じだと思います」

ヨシヤのフルネームすら知らない。

でも本質的な考えや感じ方は、他の誰でもない、目の前にいる航太が気になっている、この人のものだ。

たとえ仕事の指示なのだとしても、人の本質はそういう細かいところに滲み出るんじゃないだろうか。

――だからもっとこの人を知りたい。

ヨシヤは、今度こそはっきりと眉間に皺を寄せた。苛立ちを隠そうとはしていない。

「なんでそんなことを言うかな……」

ヨシヤはまた髪をかき上げ、頭に手を置いた姿勢のまま、何かに耐えるようにじっとしていた。

「すみません……知ったようなこと言って」

航太が沈黙に耐えかねて口を開くと、ヨシヤは、物を知らない子どもを不憫《ふびん》に思うとでも言いたげな顔で、大きく溜息《ためいき》をついた。

「いや、謝らなくていいよ」

呆れる気持ちは航太にも分かる。自分だって色々呆れている。

ヨシヤにしてみれば迷惑なこの気持ちはまだ芽生えたばかりだが、それでもこんなふうに人を好きになるものだと分かっていたら、迷ったり悩んだりしなかった。

だって、答えはものすごく簡単だったのだ。

「俺に迫られて嫌じゃなかったなら、航太の依頼の答えは見つかったよね」

「あ……」

ヨシヤの顔から、さっきまでの戸惑いや苛立ちはもう消えていた。

綺麗な優しい笑みを浮かべている。

でも、それは『彼氏』の顔だった。

それなら苛立っても呆れててもいい。

航太は、さっきヨシヤがチラッと覗かせた『彼氏』じゃない彼の顔を見ていたかった。自分にはそれは叶《かな》わないのだろうか。

「ごめんなさい。でも、さっきレストランで聞かれたとき、俺が答えは分かったって言ってたら……」

その先をなかなか口にできない。

言ったら最後、絶対に聞きたくないことを聞くはめになるだろう。

でももう、航太が答えを見つけたことを認めさせたヨシヤは容赦なかった。

「トラブルがなかったら、最初のデートで答えを出して終わってた。でもあのときは、事情が事情だったから。今日で航太の依頼は完了だ。だから、もう会わないよ」

思っていた通りの言葉だ。でも想像よりずっときつい。自分の身体が自分のものじゃないみたいに強張《こわば》る。

「……もう依頼したらだめなんですか？」

「だめだよ、俺のこと好きになるだろ？」

足元の真っ黒なアスファルトに飲み込まれてしまいそうな気がした。

これでもやんわり言ってくれてるのかもしれない。だって、もう好きになり始めている。

ヨシヤはお見通しだろう。

「航太、その気持ちは相手が俺だからじゃない。俺のことは何も知らないんだから」

「だけど――」

ヨシヤの手が顔の前に掲げられた。黙って聞けということだろう。

「俺はレンタルの『彼氏』もやるけど、便利屋なんだ。航太が俺を好きになってくれても応えられないから、繰り返しデートして航太が幸せになるとは思えない。それが分かってて続けられないよ。航太には、お金じゃなくて気持ちで繋がれる相手を見つけて幸せになって欲しい」

それになんて答えたか、答えなかったか、航太はよく覚えていない。

あまりの呆気《あっけ》なさにびっくりしていた。航太にとって「好き」は一大事だ。そんなに簡単に終わりだと言われても、心が全然追いつかない。

駅まで送ってくれたヨシヤは、最後に航太の腕をゆっくり優しく撫でてきた。

「誤解しないで欲しい。航太は俺には眩《まぶ》しいくらい、真《ま》っ直《す》ぐでいい子だよ。一緒に過ごせて楽しかった」

駅の構内は電灯が明るくて、航太は酷い顔を見られたくなくてずっと俯いていた。泣いてたわけじゃない。どんな顔をすればいいのか分からなかった。

「そんな顔しなくて大丈夫だよ。二回会っただけの相手なんて、すぐに忘れるから」

顔を覗き込まれて、ふわりとヨシヤの匂いだと認識したばかりの香水が香った。

優しい声で、そんなこと言わないで欲しい。ただただ苦しくて堪《たま》らない。

「さよなら、航太」

航太が何も答えずにいるのを、ヨシヤは黙って待ってくれていた。でもしばらくして、航太の頬を優しく指で二、三度撫でると、何も言わず去って行った。

子どもみたいに、待ってよと叫んで追いかけたかった。彼に迷惑をかけたくないという思いだけが、なんとか航太をその場に留《とど》まらせた。

せめて、最後にちゃんと彼の顔を見ておけばよかった。
『彼氏』じゃない彼の本音が見えないか、ちゃんと確かめておけばよかった……。

3

ヨシヤと駅で別れてもう十日ほどになる。

十一月に入って気温もぐんと下がってきたある日、ランチタイムのピークが終わった学食で、航太《こうた》はレポートと格闘していた。

「はぁ……」

ヨシヤに振られてから、何もやる気がしない。

食事しながら少しでも進めようと思ったのだが、食欲がないのに無理矢理うどんを詰め込んだのが悪かった。胃が重だるくて、余計に集中できなくなってしまった。

「若菜《わかな》君っ！」

ぼーっとしていた航太は、後ろから急に声をかけられ、ビクッと背中を揺らしながら振り向いた。

「内田《うちだ》さん」

絵里奈《えりな》がタンブラーを持っているのを見て、ヨシヤと最初に会ったときのことを思い出し胸が痛んだ。

ずっとこうだ。なんでもヨシヤと結びつけて凹《へこ》んでしまう。

「一人で珍しいね。課題？」

「ああ、うん。終わらなくて」

いくらなんでも情緒不安定過ぎて嫌になる。ふわふわした女の子の絵里奈とヨシヤの共通点なんて、皆無に等しいのに。

何をしていても、ヨシヤのことが頭から離れない。

――好きな人に拒否されるって、こんなに辛《つら》いんだな。

そう思うと自分が以前そんな目に遭わせた彼女を前にして、余計に胃がキリキリした。

「先週から調子悪そうだけど、何かあったの？」

まともに目も合わせない航太に、絵里奈はそんな気遣いを示してくれる。

この間のゼミでは、教授にも深刻な顔で「今日は静かだったな」と心配された。

いっそのこと、勝手にレンタルの先輩と位置付けている瑛司《えいじ》に話してみようかと思ったが、相手はどんな女の子だったか聞かれたら終わりだ。嘘《うそ》をつき通せる自信がない。

「言いそびれてたんだけど、この間、若菜君のこと表参道《おもてさんどう》で見かけたよ」

「え？」

航太は緩慢にペンをゆらゆらさせていた手を止めた。

「綺麗《きれい》な男の人と待ち合わせしてたよね？」

なんでそんなこと、絵里奈が知ってるのだ。

「えっと……」

「バイト先のケーキ屋さんの本店がね、表参道なんだ。催事で週末はそっちに行ってたの」

「そうだったんだ、わあ……」

ヨシヤと自分はあのとき、あそこにいたのだ。夢じゃなかった。自分たち以外に自分たちが一緒にいたのを知っている人がいるのは、なんともいえない感覚だった。

「お兄さん……じゃないよね」

「う、うん。違う」

「——彼氏？」

心臓が縮む思いがした。一緒にいたのが女の子ならまだしも、なぜ。嫌な汗が出てくる。

「な、なんで友達とか知り合いじゃなくて、彼氏かもって思ったの？」

平静を装って尋ねてみたが、声が上擦《うわず》って震えた。やっぱり隠し事は苦手だ……。

絵里奈は呆《あき》れた顔で首を横に振って、ヤケクソみたいに持っていたタンブラーをテーブルに置く。それから航太の斜め前のプラスティックの椅子に腰掛けた。

ほとんど反射で、人がいないのをいいことにテーブルいっぱいに広げていたルーズリーフや本を自分の方へかき集めて絵里奈の場所を空ける。

「若菜君のこと、ずっと見てたから分かるよ。あの人といたときのふにゃっとした顔、初めて見た」

「ご、ごめん、でも違うんだ」

狼狽《うろた》えた航太は、顔の前でぶんぶん手を振った。

「あの人と知り合ったのは最近だし、付き合うとかもないから」

航太の混乱っぷりに対し、絵里奈はびっくりするほど落ち着いている。もっと怒るとか蔑《さげす》むとかそういう反応であってもいい。なのに、まるでいつも通りと言ってもいい。

「そうなんだ？　若菜君たちを見たとき、ああそっかって納得したのに」

「納得？」

よく分からないことを言われ、思わず聞き返した。

「好きになってもらえなくても構わない――っていうのとは、ちょっと違うかもしれないけど、夏休みね、いきなり若菜君にシャットアウトされた気がして、ショックだったから。でもああいう人がタイプなら、性別から違うんだから無理で当然だよねって」

絵里奈は一気に捲《まく》し立てて天を仰ぐと、はぁと盛大に溜息《ためいき》をついて続けた。

「それにね、なんで若菜君を好きになったのかにも気が付いたんだ。若菜君が、変な目で私のこと見ないからだったの」

「変な目？」

絵里奈は無理に口角を上げ、長い髪を耳にかけた。そしてゆっくり話し始める。

「昔ね、叔母がうちに住んでたことがあったの。大人でオシャレで面白くって、憧れてたんだ……似てるねってよく言われてたんだけど、すっごく嬉《うれ》しかった。でも……男癖が悪い人で。私がまだ小学校の低学年のときだったから、詳しい事情は知らなかった。でも、うちに来たのも男の人絡みで何かあったからだったみたい。それでね、私、叔母さんがうちに連れ込んだ男の人と痴話喧嘩《ちわげんか》して仲直りするところを見ちゃったの」

「うん？」

彼女の言わんとしていることが理解できず、航太は首を傾《かし》げた。

絵里奈は大きな目に逡巡《しゅんじゅん》の色を浮かべ、少し身を乗り出して小声になった。

「仲直りの……そういうこと、し始めたの」

「えっ」

「叔母さんは私が帰ってきたこと知らなかったの。私は私で、喧嘩が怖くて、気付かれないように自分の部屋に隠れてたのがまずかったんだよね」

つまり、小学生の彼女は身内がそういうアレをしてるのを目撃してしまったということか。なんで絵里奈はそんなデリケートな話をする気になったのだろう。

航太の戸惑いをよそに、一度口にしたら吹っ切れたのか彼女の表情はさっきよりも明るい。

「そのときの叔母さんの顔が嫌だったの。男の人に向ける顔。知らない人に見えて、気持ち悪かった。私も似てるんだったらああなるのかなって思ったら、怖くて。絶対、あんなふうになりたくないって。あれが何だったか分かった後も、その気持ちは変わらなかった」

自分の身体《からだ》に腕をまわし、絵里奈はぶるっと身を震わせる。

「すごく怖い思いをしたんだね」

相応《ふさわ》しいと思える言葉が、何も浮かんでこないのがもどかしかった。

「うん、でも怖いより気持ち悪いの方が段々大きくなっていったの。自分がそうなりたくないっていうのが一番だったけど、男の子が自分をそういう目で見てくるって、ある程度の年になると気付いて、そのときは最悪だった」

航太が彼女と一緒にいるところを見た友人たちは、大抵、「可愛《かわい》いな」「いいな」と言う。もちろん、彼らに悪気はないが確かに恋愛の対象としての目を向けている。

「内田さんの気持ち、ちょっと分かる気がする」

絵里奈は性格がいいだけでなく女の子としての魅力もあるということは航太も分かっている。でも、彼女は最初、航太にあまり女を意識させなかった。

だから一緒に居て楽しかった。それが夏休みに映画を観《み》に行ったとき、急なデートモードに困惑してしまったのだ。

「若菜君は、私のこと純粋に友達として、人として見てくれてたんだね」

感嘆の吐息交じりに絵里奈は言って、タンブラーを手に取った。

「うん……ごめん。分かる気がするって言ったのは、内田さんも最初は俺のこと、友達としてしか見てなかったから」

　お互いを性的な目で見ないことで仲良くなれた。そして絵里奈は航太が望むように自然な展開で、そんな悩みを抱えていたにもかかわらず、航太を好きになってくれたのだ。それなのに、自分は、彼女の想《おも》いに応えられなかったのだ。

　ますます落ち込みかけた航太に対する絵里奈の答えは意外なものだった。

「どうして？　若菜君が私の呪《のろ》いを解いてくれたんだよ？　女の子だからとか外見じゃなくて、私を人として見てくれたから仲良くなれたの。そんな人なら、熱くなる自分を許せるんだって、気付かせてくれたんだよ」

「か、買いかぶり過ぎだよ。俺じゃなくても、女の子に、あーえっと、そういう気がない人だったら……」

　つまり、ゲイなら男でも彼女を性的な目で見ないわけだ。

　でも絵里奈は迷わず首を横に振る。

「女の子同士でも、服装とか外見とかでグループ作るもん。でも若菜君は、私の見た目で友達になろうって思ってくれたわけじゃないでしょ？　あの人のことだって、単に外見がいいから好きになったわけじゃないんじゃないの？」

「ええっ」

あの人とは紛れもなく、ヨシヤのことだ。急に話が彼のことに戻ってきて航太はたじろいだ。

でも絵里奈がここまで打ち明けてくれたのだ。彼女は航太の気持ちを聞いても、きっと嫌な顔はしないだろう。

「——まだ二回しか会ってないんだけど……今知ってるのは、すごく優しくて、人を助けたいとか幸せにしたいって思って仕事してる人だってことくらい」

だからもっと彼のことを知りたい。

絵里奈は、ふふっと嬉しそうに笑ってタンブラーに口を付ける。

「優しくて、人を助けることがしたいって、若菜君に似てるよ。若菜君が大切にしてることを持ってる人なんでしょ？　そういう人なんだよ、若菜君も」

「そうだといいな……ありがとう。俺が言うことじゃないけど、内田さんは内田さんだから。俺は叔母さんのこと知らないけど、同じじゃないからっ」

こんなにいい子なのだ。心から彼女には幸せになって欲しい。

「うん、頑張るよ。若菜君も彼と——」

「あの人とは本当に違うんだ。振られてるし、男には興味ない人だから」

航太は絵里奈に伝えるだけでなく、自分にもそう言い聞かせる。

「本人が言ったの？」

「それっぽいことは」

「ちゃんと確認してないの？」

「個人的なことは聞いちゃいけないって規約にあるんだ」

「規約？」

「――あ」

しまった。絵里奈に色々打ち明けてきた勢いで、ぽろっと余計なことを口にしてしまった。ヨシヤとの出会いを話せば、今度こそ引かれるかもしれない。

いや、でもここまで腹を割って話してきたのだ。きっと彼女なら大丈夫。

航太は広げて脇に除《よ》けていたテキストやプリントの角を揃《そろ》えると、ヨシヤと知り合った経緯を絵里奈に語った。

「そっかぁ、『彼氏』のレンタル……私とのデートがきっかけだったなんて。私も若菜君の役に立ってたんだね」

航太が思っていた以上に、絵里奈は自然に受け止めてくれた。正直、彼女と付き合うことが自然な流れなのだろうと思っていたときでさえ、今日みたいに自身の根深い部分について話してもらえるとは思っていなかったし、自分も話すとは思ってもみなかった。

「私だったら、ゲイですかって聞いちゃう。だって、その話をするために会ったんでしょ？　だめなのかな？」

「俺の気持ちを知ってて、本当に付き合える相手を探せって言ったから」

絵里奈が真剣に考えてくれているのはありがたいけれど、望みがあるとは思えない。

「だったら、ゲイの人に会える場所に行ってみたら？」

「すぐにそんな気になれないよ」

望みがないからといって諦《あきら》められるわけではない。自分のことになって初めて気付く。恋愛はこうも割り切れないものなんだと。

「そうじゃなくって、他のゲイの人と会ってどう感じるか、若菜君は気にならないの？」

「ならなくはないよ——うん……」

ヨシヤ以外の男に、何か感じるだろうか。彼からも同じようなことを聞かされた。そして、彼は自分のことなんかすぐに忘れるだろうとも言った。

前は自分の気持ちやセクシャリティが曖昧《あいまい》なまま、バーや出会いの場に行くことに迷いを持っていたが、男の人を好きになる自分を認めた今、その問題はクリアした。

とても想像できないが、ヨシヤに惹《ひ》かれたのと同じように、まだ見も知らぬ誰かに惹かれることがあるとすれば、彼の言う通りだったということだろう。

でもそうじゃない、そうはならなかったとヨシヤに言いたかった。

絵里奈と話してから数日後、航太は新宿《しんじゅく》二丁目のバーに居た。

ネットで評判のいい店とゲイバーにはどんな服装で行ったらいいのかを調べ、カーキのジャケットにカジュアル過ぎないパンツという無難な格好にした。

品のいい内装の店内は外観から想像するよりも広く、薄暗い大人の雰囲気が漂っている。航太は馴染《なじ》みのなさに怯《ひる》みつつ、入ってすぐのカウンター席に腰掛けた。

「こんばんは、ここ、いいかな?」

そう声をかけられたのは、しどろもどろで注文した柑橘系《かんきつけい》のカクテルに口を付けた直後だった。

「こんばんは、どうぞどうぞ」

応えながら、「ん?」と思った。この界隈《かいわい》で過ごすには比較的早い時間だし、平日ということもあるのか、ボックス席もカウンター席も割と空いている。わざわざ隣を選ぶ必要はない。

「こういう店は初めて?」

スーツが似合う男性は、注文を済ませると、人好きのする笑みを浮かべて再び航太に話しかけてくる。

「は、はい、初めてです」

慣れてないと思われたくなかったが、如何《いかん》せん航太は嘘が下手だ。誤魔化そうと思ったが、口の方が先に動いていた。

「緊張してる？　それとも怪しまれてしまったかな？」

失敗したという顔をしておどけて見せる彼は、ヨシヤよりも年上っぽくて、でもオジサマというには若い。落ち着いた大人のいい男という表現がぴったりだった。

「気にしないでください」

航太も微笑《ほほえ》んで、硬いスツールの上で居ずまいを正した。男性は場慣れしてそうだ。バーではこうやって知らない者同士でも、一言二言交わすものなのかもしれない。

でも彼はまだニコニコして航太を見ている。

「？」

社交辞令は済んだと思っていた航太は、不思議に思って首を傾げた。

「彼氏はいるの？」

カラリと氷の鳴るグラスを片手に、男は航太の方に身体ごと向き直ってきた。

「いいえ、いません」

友達ともできない話だが、ゲイバーで恋愛の話は普通だと何かのサイトで読んだ。自分も聞き返すのが礼儀なのだろうか。迷っていると、彼が再び口を開く。

「可愛いのに不思議だね。募集してないの？」

「え？」

「君の素直ですれてなさそうな感じ、すごく好みなんだ」

頬をかきながら、彼は恥ずかしそうに微笑む。

航太は、ぽかんとして男を見返し意味を理解した瞬間、心底驚いた。

「ええっ！」

「隣に座らせてもらえたから、僕にもチャンスをもらえるかと思ったんだけど……」

「それは、席を探していらっしゃるのかなって思ったからで――」

誘いに応じたことになっていたのだろうか？　そういうのは、まだ早過ぎる。でもゲイの人たちは展開が早いというのも、どこかで読んだ。

どう答えれば失礼にならないだろうか。心の中で航太は頭を抱えた。

「年上は苦手かな？」

「いえ、そういうわけじゃ……」

航太は言いかけて口を噤《つぐ》んだ。ご丁寧に本音を答えてる場合じゃない。航太の頭に浮かぶ年上男性は、一人しかいないのに。

「あの、俺、振られたばかりで……」

「そうなの？　よければ話を聞かせてよ」

「いえ――」

「愚痴《ぐち》でもなんでも聞くよ。いきなり襲いかかったりしないから」

同情に満ちた目をして、彼は航太の方に身を乗り出してくる。

「二杯目は僕に奢《おご》らせてくれる？」

「えーっと……」

世間的にはとても好感度の高い人だろう。スーツが似合っていて清潔そうで、笑顔も素敵で物腰も穏やかだ。

それでも彼の手がカウンターを滑り自分の方へ近付いてくるのを見て、航太は本能的に手を下に降ろしていた。もし触られたらと思うと、嫌悪感に逆らえなかった。

「そんなに深く考えないで。とりあえず一緒に飲もうよ、ね？」

「でも……」

「名前を聞いてもいい？」

「あー……」

ネットから仕入れた情報が、ぽんぽん頭から飛んでいく。スマートな断り方だって、どこかで見たはずなのに。

困り果てていると、後ろからポンと、肩に手を乗せられた。

「よー！　待った？」

「あっち空いてるから行こうぜ」

親し気に話しかけてきたのは、スーツ姿の若い二人組だった。航太は代わる代わる彼らの顔を見るが、全く面識がない人たちだった。

「俺らの連れなんすよ、すみません」

カウンターの男性と航太の間に一人が割って入り、もう一人は航太の肩を抱き、軽く目配せしてきた。

知らない人がナンパから助けてくれるという、映画でよくある展開か。こんなことが本当にあるんだと妙なところに驚きながら、航太は彼らに促されるまま一緒にカウンターを離れ、ボックス席に収まった。

「ありがとうございました」

ナンパしてきた男性も、「待ち合わせだったんだね」で円満に済ませてくれたので、航太は、ほっと胸を撫《な》で下ろした。

「ハハハ、慣れてなさそうだもんね。嫌なら断って大丈夫なんだよ」

半円形のソファの真ん中に、リラックスした様子で座る男性が教えてくれる。

「そうだよ、俺らの世界ではよくあることだからね。いちいち怒ったりしないよ」

航太の向かいに座った人も、笑顔でそう言ってくれた。

「こういう所は初めてで。勝手が分からなくて……」

助けてくれた人たちだし、慣れていないのはなぜかバレている。航太は、安心して苦笑いと共に打ち明けた。

「今までそういうことに興味なかった？　いくらなんでもそれはないよな？」

「もったいない。行くとこ行かないと出会いはないよ。君くらい可愛い子なら、いくらでも声かけてもらえるって」

「はぁ。あの……お二人は、その、お付き合いをされてるんですか？」

自分のことよりも、二人がカップルなのかもしれないという好奇心に抗《あらが》えず、ドキドキしながら尋ね返した。

「違うよ。最近、ネットで知り合った。君もしかして、そういうのもやってなかったりする？」

「はぁ……？」

額に「経験ありません」とでも書いてあるのだろうか。航太は落ち着かなくなり、自分の額をかいた。

改めて自己紹介をし合うと、意外と年が近いということが分かった。向かいに座っているのが四月に就職したばかりのタクヤで、真ん中に座っているのが社会人二年目のナオキだ。

「コウタは大学生なのかぁ。今のうちに遊んでおいたほうがいいよ。働いてもなんにもいいことないからな」

「二年目になれば、仕事してるフリもサボり方も分かってくるって」

「へぇ……」

二人が笑うので、航太も無理に笑った。

ゲイなら誰でも話が合うなんて思うほどおめでたくはないし、空気を読まずに「人を助けて幸せにする仕事がしたい」とも言い出せない。

――ヨシヤさんとはこんなじゃなかった。

本当の彼がどんな人かは知らない。でも、仕事に対して、人に対して真剣に向き合っている人であることは間違いない。

「会ったその日に寝るのも、キスするのも普通にあるよな」

「男同士で遠慮する必要もないっすよね。コウタもそう思わない?」

航太がヨシヤのことを考えて気もそぞろになっている間に、二人はそんな話を繰り広げていた。

「お、俺ですか?」

「もしかして、何もしたことないとか?」

ナオキが目を見開く。そんなことまで分かるものなのか。恥ずかしさを紛らわすため、航太は喉を潤そうとテーブルに視線を落とす。

が、飲み物はさっきカウンターに置いてきてしまった。

「どうしたの?」

「グラス、置いたまま来てしまって」

まだ飲み切っていなかったから、店の人に申し訳ないことをしてしまった。

「何か奢るよ。飲めない物ある？」

タクヤがさっと席を立つ。

「いえ、自分で行ってきます」

知らない人から飲み物を貰《もら》うなんてできるわけがない。立ち上がろうとすると、まぁまぁと肩に手を置かれてクッションの利いたソファに戻される。

「またナンパされたくないだろ？　君、可愛いんだから気を付けないと」

「俺も頼む。三人分これで」

ゆったりとソファに身を沈めたままのナオキが、鷹揚《おうよう》にスラックスから取り出したお札をタクヤに渡す。

「あざっす」

タクヤはおどけた調子で両手を出し、恭しくお札を受け取った。

「もしかして、薬でも盛られるんじゃないかって心配してる？」

ソファから身を起こしたナオキが、バツの悪そうな顔をする。

「まさかっ、そんなこと思いません。じゃ……あんまりきつくないのでお願いします」

他に答えようがなくそう言ったが、用心に越したことはないだろう。助けてくれた人たちを疑うようで心苦しいが、口だけ付けて合わなかったということにしよう。

ところが、持って来たグラスを三つテーブルに置いたタクヤは、さらに気遣いを見せてくれた。

「先に選びなよ。どれも中身は同じだけど、その方が安心だろ?」

ちょっと遊んでそうな人たちだが、助けてくれただけあって、根はいい人たちなのだろう。

航太は少しでも警戒してしまったことを申し訳なく思った。

「すみません、気を遣わせてしまって」

「いいよいいよ。気にして当然だって」

ナオキの方も気分を害した様子はなく、大きく頷《うなず》く。

年が近い上、男性への興味を隠さなくていいこともあり、せっかくなのでもっと彼らと話をしてみようと思い、ありがたく好意を受け取ることにした。

彼らは場慣れしているし、営業職だと言うだけあり、会話は途絶えずそれからも話は弾んだ。

でも、航太は途中から何を話していたかあまり覚えていない。

猛烈に眠い。

「これ、アルコール度数、高くないんですよね?」

他の二人も、航太が選んだ後に取った同じドリンクを飲んでいる。ナオキに至っては、もうほとんどグラスは空だ。でも酔っているふうには見えない。

「ほとんどジュースみたいなもんっすよね」

「コウタ、アルコール弱いのか？」

そんなことはないと首を振ろうとしたら、脳みそだけが揺れてるみたいな、鈍く嫌な頭痛と眩暈《めまい》がした。

「っ……」

思わずこめかみを押さえ、顔を顰《しか》めた。

眩暈？　自分で感じたことに違和感を覚える。眩暈なんて、初めての経験かもしれない。

「酔った？」

どちらかに聞かれた。

「多分……すみません」

今まで変な酔い方をしたことはない。強い方だと思っていたが節度を守ってきた。でも友達と行く居酒屋ではカクテルなんて飲まないから、読みを誤ったのかもしれない。

「ちょっと寝れば？　起こしてあげるから」

いいや、流石《さすが》にそこまで無防備なことはできない。少しでも気分をすっきりさせて、早く帰りたい。

「ちょっと顔洗ってきます」

ついでにカウンターに行けば水を貰《もら》えるだろうか。立ち上がろうとすると、腕を摑《つか》まれた。

「いいからいいから」

「座ってなよ」

腰を浮かし近付いてきたナオキに腕を引かれ、彼のスーツの胸元に背を預ける格好になった。

「でも」

言いかけたところ、ナオキの両腕が後ろから身体にまわってきた。

「そんなに心配しなくていいって。可愛いな」

なんか嫌だ。全然大丈夫だと思えない。

「水貰ってきてやるよ」

「先にトイレに」

なぜ引き留めるんだろう。背中に感じる体温に嫌悪感を覚えた。

「離してください」

「じゃ、一緒に行くよ」

「いえ、だいじょ……」

今度こそ、眠気を堪《こら》えながら強引に立ち上がる。頭が重くて、崩れ落ちそうだ。なんなんだ、この気持ち悪いだるさは。

「危ないって」

ソファに引き戻されそうになり、思わず伸びてきた手を払った。

「すみませ……」

何かおかしい。それ以上考えると、恐怖も手伝って本当に卒倒しそうだった。とにかくこの場を離れたい。足元が覚束《おぼつか》ないまま、途中、何人かにぶつかって舌打ちされたり、支えてくれた人もいた気がする。

なんとかトイレに辿《たど》り着くと、体重でドアを押し開けた。

「おいおい、待て待て。大丈夫か？」

いつからそばにいたのか分からない。ナオキがソワソワした様子で、すぐ後ろに立っていた。余分にドアを押してくるので、航太は支えを失ってよろめく。タイルの床に頭から突っ込みそうになって、なんとか壁に縋《すが》りついた。

後ろでカチャッと金属音がする。

「何……？」

「鍵は閉めないといけないでしょ」

静かな彼の口調に、ゾワッと鳥肌が立つ。

——絶対に変だ、怖い……。

振り返った彼は、航太の肩を壁に押し付け、もう片方の手で腰を撫で尻を摑んできた。そのまま尻を引き寄せられると、下肢に硬いものが当たった。

「やっ、止《や》めてくださいっ」

あまりの嫌悪感に、そのときばかりは眠気も吹き飛んだ。離れたい一心で、がむしゃらに相手を押し返す。

「お、落ち着けって」

逃げたい。それしかない。腕を押さえつけられたので、重い頭を渾身《こんしん》の力で振る。ゴンッと鈍い音がし、やっと不快な体温から解放された。

「いってぇなぁ、おいっ！」

相手は苛立《いらだ》ち全開だ。知ったことじゃない。こっちだって吐くかと思うほど、頭が痛んだ。

航太は個室の扉を摑むと、相手がブチ切れている隙に中に滑り込み、急いで鍵を掛けた。

「おいっ、何してんだよっ、ざけんなよ」

腹立たしげにドアを叩《たた》いてくる音が頭に響いて気分が悪い。蹲《うずくま》っていると、意思に反して頭がガクッと揺れた。ほんの一瞬、意識が途切れていた。

まずいと思って座ったままパンツのポケットに手をねじ込みスマホを出すと、ヨシヤとやり取りしていたメッセージ画面を開いた。

『助けてください』

急いで打ち込み送信した。できたと思う、たぶん。ゲイバーで困ってると言える相手は、ヨシヤしかいない。

ドアを叩く音はうるさいし怖い。なのにスマホを握り締めていると意図せず瞼《まぶた》が落ちてくる。

「おーい！　出て来いっ」

男はドアを叩くのを止め、今度は下の隙間から革靴で航太を蹴《け》ってくる。

自分の身に起こっていることが信じられない。なんでこんなことに。そのとき、手の中のスマホが震えた。航太は慌てて画面を確認した。

『は?』

ヨシヤからの返事だ。

らしくない。でも間違いなく彼が返事をくれた。

『バーlでおいかけらr』

打ってる最中にまた蹴られた。スマホの画面に額から突っ込むくらい眠い。もう目を開けてられない。

今度はすぐに反応があった。でもバイブがメッセージにしては長過ぎる。初めて見るヨシヤの名前の着信画面。

『バーにいるのか?　何してる?』

「あ……」

久々に聞くヨシヤの声に、ほっとして再び瞼が落ちていく。

『航太っ!　航太っ、どこだ?』

「ラ……ラビットホール」

バーの名前だ。言った途端、ブツッと通話は切れた。

いたずらだと思われた。終わった。終わりだ。

ガクッと頭が揺れ、航太は今度こそ、意識を手放した。

4

「なんの根拠もないだろっ！」

怒鳴り声と共に、ドカッと何かを蹴るような音がした。

「おいおい、壊すなよ。落ち着けって。手の込んだことができそうな連中じゃない」

航太《こうた》は全く状況が呑《の》み込めない。

身を起こしたいが、目を開けることすら億劫《おっくう》だ。確かトイレに居たはずだが、今は柔らかい場所に寝ている。ここはどこなんだろう。

「クソっ、なんで帰した！　どっかに縛って置いとけよ」

――ん？

さっきから怒鳴っている人の声に、聞き覚えがあった。

喋《しゃべ》り方は全然違うが、ヨシヤに似ている。

「名刺はぶんどった。会社まで辞めて逃げたりしないだろ。店は当然出禁にする」

「ふざけるなっ、明らかに犯罪だろうがっ」

またドカッと何かを蹴飛ばす音だ。本当にヨシヤなのだろうか。あの優しい彼が、何をそんなに怒っているのだろう。

意識が朦朧《もうろう》としながらも、航太はそのまま二人の声に耳を傾けた。

「落ち着けよ。どうしたんだよ、お前らしくない」

男が宥《なだ》めるが、ヨシヤは鼻で嗤《わら》った。

「は？　皮肉か？　そういう血筋だ」

「その話じゃない」

穏やかだった男の声が厳しくなる。

「違わねぇよ。目の前にいたら、ぶん殴ってた。帰して正解だったな」

「おい、いい加減にしろ」

ついに声を荒らげた男が続けた言葉に、航太は凍りついた。

「お前は親父《おやじ》さんとは違うだろ。そもそも、あいつらは殴られても当然のことをした」

――これは……。

絶対、勝手に聞いてはいけない話だ。夢じゃないなら、とてもまずい。

「俺がらしくないって言ったのは、そのことじゃない。あの子、誰なの？」

ヨシヤの父親の話に動揺していた航太は、またもハッとした。

――俺のこと？

「……客だっつっただろ」

さっきまでの勢いから一転、ヨシヤは言い淀《よど》む。

「だから、お前らしくないだろ。なんでわざわざ自分で来たんだ?」

「来たら悪いのか?　何が言いたい?」

ヨシヤが唸《うな》るように声を低くし凄《すご》む。

張り詰めた空気になるのかと思いきや、相手の男は力の抜けた声を出す。

「その格好、仕事の途中だろ?」

「もう終わった」

「にしても、他人事《ひとごと》とは思えない怒りようだが?」

二人は親しい間柄なのかもしれない。それにしてもなぜ、この男性は自分のことでヨシヤに突っかかっているのだろう。

「いや?　たまたま俺の店でよかったものを。大事な子なら――」

「ああ?　ただの客だっつってんだろうっ!　何もよくねぇ、なぜ警察を呼ばなかった」

「俺の保身じゃねぇぞ。警察を頼れば、あの子だって色々聞かれる。なんでゲイバーにいたのか、何をされたのか、馬鹿みたいに細かいことまでうだうだと。それでよかったのか?」

「クソッ……」

今度は、バンッと何かを殴りつける音がした。

起きるなら、今だ。男性が何か勘違いしているし、自分の話をこれ以上盗み聞きするのも居た堪《たま》れない。

瞼を無理矢理こじ開け、航太はのろのろと上半身を持ち上げる。手の下でギュッと音を立てて沈み込んだのは革張りのソファのようだ。

ここは一体――見回そうとして、頭痛で顔を顰《しか》めた。中途半端に身を起こしたままだが、眩暈でそれ以上動けなくなった。

「彼氏起きたぞ」

「航太っ、大丈夫か？」

背中に添えられた手で、仰向けに寝かされた。自分を見下ろしているのは、間違いなくヨシヤだ。でもなぜか、かっちりとした濃紺のスリーピーススーツを着ている。サラリーマンが仕事で着るようなのじゃない。もっとフォーマルでセレブみたいだ。

「……現実？　ここ、どこですか？」

「ラビットホールの事務所だ」

「こいつから電話もらって、トイレから救出したんだ」

さっきからヨシヤと話していた人が言った。ヨシヤよりも年上っぽい。黒髪をぴっちりオールバックに撫でつけ、黒いシャツを肘まで捲り上げているので、バーテンダーだろう。

「すみません、ありがとうございます」

航太はヨシヤのスーツの腕を掴んだ。少しすると布越しに体温が伝わってくる。夢じゃない。間違いなく、本物の彼だ。

「気分は？」

深刻な顔で自分を覗《のぞ》き込んでくるヨシヤは、緩いウェーブの掛かった髪を後ろへと撫でつけ、形のいい額を露《あら》わにしている。

「……王子様みたいだ」

無視されなかった。ヨシヤの焦げ茶色の瞳が目と鼻の先にある。自分を案じて助けに来てくれた。そのことに口元が綻んだ。

「頭をやられたのか？　何寝惚《ねぼ》けたこと言ってんだっ」

ヨシヤは眉を顰《ひそ》める。その後ろで、黒シャツの人が肩を揺らして笑う。

「本当に寝惚けてるっていうか、混乱してるんだと思うよ」

「笑えねぇぞ」

ヨシヤは怒りと困惑と呆れをごちゃ混ぜにしたような変な顔をする。

「おい、ぽーっとしてんじゃねぇぞっ。大丈夫か？　薬盛られたんだ、分かってるのか？　あ？」

航太も混乱している。聞いているけど、眠気が酷《ひど》くて理解ができない。ずっと腕を掴んでいた手に、ヨシヤが手を重ねてくる。

どうして、ヨシヤはそんならしくない話し方をしてるんだ？　なぜフォーマルな格好をしてるのだろう。聞きたいことはいっぱいあるのに、ただただ眠い。

「処方薬だし、様子を見ていればいいさ。彼氏休ませてあげなよ」

「彼氏じゃねぇっつってんだろうがっ」

「でもコウタ君、お前のタイプど真ん――」

「うるせぇ、黙れっ」

タイプ、タイプっていうのはどういう――その前に、彼氏って言ったような……。

物凄く聞きたい。でもヨシヤの手が温かくて、すごく心地よくて――航太の意識は、またそこで一旦途切れた。


次に気が付いたときは、視界に白が飛び込んできた。

「えっ……」

見慣れない光景に驚いて飛び起きた航太の目の前に、ヨシヤが座っていた。

「起きたか」

「ここ、どこですか？」

「ホテル」

「ホテル……」

復唱しながら航太は辺りを見回す。確かに自分はベッドに居た。隣にも同じ白いリネンで統一されたベッド、テーブルと椅子、大きなテレビ、よくあるタイプのツインルームみたいだ。

「具合は？」

ヨシヤは深刻な顔で、航太の方に身を乗り出してくる。

「ちょっと頭が痛くてだるいです」

あと十時間くらいは寝ていたい。

「吐き気は？」

「いえ」

「眩暈や他におかしいところは？」

「喉がカラカラです」

ヨシヤは無言で立ち上がる。ベッドが揺れた。

大きな窓から射す日が眩《まぶ》しい。

「朝？」

ホテルに来た記憶はない。視線を落とすとタオルみたいにふわふわしたものを着ていた。バスローブだ。カーキのジャケットはどこに行った。

「うわ、意味が分からない……」

「俺も意味が分からねぇよ」

ヨシヤはミネラルウォーターのボトルを渡してきて、隣のベッドに腰掛けた。

航太はお礼を言って受け取ったミネラルウォーターを一気に半分くらい飲み、ヨシヤを見た。

「何をされた？」

目が合うや否や、間髪容《い》れずに尋ねられた。

怖い。目を細め、じっと航太を見ているヨシヤの左右対称の顔が、物凄く怖い。

「カ、カクテルを飲んだら眠くなって、すごく変な――」

「その後だ、奴《やつ》らに何かされなかったかって聞いてんだっ」

途中で声を荒らげたヨシヤに遮られ、航太は身を縮こまらせた。両手の中でペットボトルがくしゃりと音を立てた。

「っ……」

もしかしなくても、ヨシヤはめちゃくちゃ怒っている。

「ちょ、ちょっと触られたり……」

「ちょっと？　たり？　たりって他にはなんなんだよ！」

アレを押し付けられたのは気持ち悪かったが、こうして無事でいることを考えたら、されたうちに入らないだろう。

航太がそのことを言うべきかどうか迷っていると、立ち上がったヨシヤに両腕をきつく掴まれた。

「なんで黙ってるんだ！　何があった！」

綺麗な顔の人が怒ると怖い。決まり文句のように言われているが、本当に怖かった。

「ち、ちがっ……蹴られたり……でも、何かされる前に個室に逃げたから、大丈夫です。あ、あの、痛い……」

航太の腕を掴むヨシヤの手の関節が白い。腕に食い込みそうなほど力が籠《こも》っている。

「っ……悪かった」

指摘されて初めて気付いたのか、ヨシヤはパッと手を引いた。まるで幽霊でも見たかのように顔色が悪い。

「ヨシヤさん……大丈夫ですか？」

心配してくれているのに、痛いなんて言うべきじゃなかった。

「俺より自分の心配しろよ」

チッと舌打ちをしたヨシヤは、イライラした様子で再び隣のベッドに腰を下ろし、髪をかき上げる。

そういえば、昨日はスーツだったのに今の彼は灰色の作業着だ。

「あの……ここに来たのも覚えてないんですけど、なんでバスローブ着てるんですか？」

「事務所で話してる間に、また寝たから連れてきた。服は汚れてたからクリーニングに出してる。シャワー浴びたのも覚えてないのか」

「シャワー⁉」

一ミリも覚えてない。

寝ているとき以外で記憶がないなんて、人生で初めてのことで愕然《がくぜん》とする。

航太の驚きを、ヨシヤは違う意味に取ったのか心外そうな顔で意味深なことを言う。

「誤解するなよ、手伝っただけで見てない」

「えっ？　ええ！」

色々な想像が巡り、顔がカッカし始めた。

「何赤くなってんだ」

「だ、あ、いえ、だって……手伝ったっていうのは……？」

脱がせたり洗ったり、そういうことなのか？　知りたいような怖いような……航太はもじもじして俯《うつむ》き、意味もなくペットボトルを見詰めた。

「そんなことはどうでもいいだろうがっ」

ヨシヤは一つ咳払《せきばら》いをして、さらに続けた。

「だいたい、お前ラッキーだったんだぞ。たまたま、俺の友達のバーじゃなかったら、あんな連絡寄越されてもどうにもできなかった。今頃、どうなってたと思ってんだ」

「お前を助けてくれたマスターだ。おい、人の話聞いてんのか？　気にするところはそこじゃねぇだろ！」

「ご、ごめんなさい……」

そういえば、混乱していたとはいえ、まだちゃんとお礼も言っていなかったことを思い出し、航太は頭を下げた。

「助けてくれてありがとうございました。迷惑をかけてすみません」

「何が？」

食い気味に聞き返すヨシヤの声は容赦ない。

「えっと……」

もちろん、何もかもだ。でも彼がどういう答えを求めているのか分からず、すぐに言葉が纏《まと》まらない。

迷っていると、ヨシヤは鋭いナイフみたいな目で航太を睨《にら》み付けてくる。

「ったく、一体、お前は何をしてたんだ」

「ヨシヤさんがバーとかネットの――」

「んなことは聞いてねぇよ、薬を盛られるなんてどんな間抜けだっつってんだろうがっ」

「……ごめんなさい」

「友達？」

未《いま》だ慣れない彼の喋り方に気圧《けお》され、頭が働かない。でも誤解されないよう、できるだけ説明しなければ。

「バーに行ったのは、その……男の人なら同じように感じるか、誰かと話してみたくて……」

あっという間にヨシヤに惹かれたように、他の男にも惹かれるものなのか知りたかった。でもそこまで言ってしまえば、告白と同じなので曖昧にしたまま、カウンター席で声をかけられたところから、なぜ飲み物に手をつけたのかを説明した。

怒ってはいたし相槌《あいづち》の一つもないが、ヨシヤはちゃんと最後まで聞いてくれた。

「でもおかしくないですか？　俺がグラスを選んだんです」

用心はしていた。その選び方なら理にかなっていると思ったのだ。実際、他の二人は航太が取った後のグラスのドリンクを飲んだ。

「いや、グラス二つに薬が入ってたんだ。一緒に居た野郎の処方薬だとよ」

そこで言葉を切ったヨシヤは、ナイトテーブルに叩きつけるように何かを置いた。

名刺と薬のシートだ。所々、中身がなくなっている。

ヨシヤは忌々《いまいま》し気に、一枚の名刺を指先で弾いた。

「耐性のあるこいつがもう一つのグラスを選んで飲んだ。三分の二の確率でお前に飲ませるようになってたんだ。選べって言われても信用すんなよっ。故意に特定のグラスを取るように誘導することだってできるんだぞ」

「最初から、騙《だま》そうとして助けたってことですか？」

ヨシヤの話に、航太は唖然《あぜん》としていた。

困っていた自分を見ていた人たちが、笑顔の裏でそんなことを考えて声をかけてきたとは。

その心理はとてもじゃないが理解できない。

ヨシヤがマットレスに拳《こぶし》を打ち付けた。

「クズが何を考えてたかだと？　知るかっ、お前もお前だ、何がなんでも人の触ったもんは飲むな。世の中にはな、人の気持ちや人生なんか、どうでもいいと思ってる奴らがいくらでもいるんだ！」

信じた相手が、意図的に悪意を向けてきたことだけでもショックなのに、ヨシヤにそんなふうに怒鳴られると、きつい。喉の奥がつんと痛んだ。

ヨシヤはさらに追い打ちをかける。

「俺はもうお前とは会わないっつったよな？　今度何かあっても、もう知らないからな。二度と、俺を頼るな」

ガンガン捲し立てられ、もう限界だった。ペットボトルを握ったままの両手に、ぽとっと涙が落ちる。

「ごめんなさっ……」

鼻がグズグズ言い出した。泣くつもりなんてさらさらなかったのに、情けない。

ヨシヤは黙って枕元のティッシュを束で抜き出し、無造作に航太の座るベッドに放り投げた。

「よく考えて行動するんだな」

そう言って、ヨシヤはくるりと背を向けた。

「ま、待ってください」

航太はぐしゃぐしゃのティッシュを顔に押し付けたまま、ヨシヤの腕を摑んだ。

「なんだよ？　もうすぐクリーニングが返ってくるから、待ってろ。部屋代は払ってある」

「行っちゃうんですか？」

「仕事だ」

「昨日も、別の仕事中だったんですか？」

「関係ないだろ」

「せめてお金を払わせてください」

「は？　ふざけるな」

ヨシヤはついに航太の腕を振り払う。

「金はいらない。それに俺はアイツに連絡しただけで、お前を助けたのは俺じゃない」

「じゃ、どうして来てくれたんですか？」

航太が無事と分かれば、尚更《なおさら》、来る必要はなかったはずだ。

「あんな連絡されて、放っておけるはずないだろ。何かあったら後味が悪い。深い意味はない」

「だったら、余計、お金払います」

「しつこい」

そんなに鬱陶《うっとう》しそうにしなくても。そんなに自分のことが嫌なのか。だったら、なんで朝まで一緒にいてくれたのだ。

そう思うと、さらに泣けてきた。

「か、関係ないって言うなら、お、お金払うのが普通じゃないですかっ……なんで払っちゃ……うう……」

もう喋れない。下手に喋るとわーわー泣きそうだ。

「おい……なんだよ……そんなに泣くことか」

トーンダウンしたヨシヤは、明らかに引いている。最悪だ。

「うっうう……」

無理に泣き止もうとすると、しゃくりあげてしまい、最悪に輪を掛けて最悪だ。

「こ、航太」

おいとかお前じゃなくて、ぎこちないが名前を呼んでくれた。でも前はもっと自然に呼んでくれた。そんなに嫌いなのか。

それでもヨシヤは、航太のそばに腰掛け、まるで噛《か》みつき注意の犬の頭にでも触るような手つきで、ポンポンッと航太の頭を撫でた。

なんなんだ、それは。

「そんなに……俺のこと、ダメなんですか」

「あのなぁ……会ったの、たった二回だぞ。ダメも好きもねぇだろ」

航太は頭を振った。

「三回」

「そうだったな。三回だな。いや、お前の『彼氏』だった俺を除けば、初めましてだ。いい奴と知り合えば俺のことなんて忘れる」

「わ、忘れられませんっ」

航太は堪《こら》え切れず、ヨシヤの胸に凭《もた》れかかった。

「おい……」

ヨシヤの手が航太の両肩にかかる。離れたくない航太は、彼の作業着を握り締めた。

「忘れたくないです……き、聞き間違いかもしれないけど……タイプって、あの人、言ってたの、俺のことじゃ――」

「そりゃ都合のいい夢だな」

「でも、彼氏って……なんで、彼氏かって聞かれるんですか？　ヨシヤさん、ゲイかバイなんですか？」

「お前な、いい加減にしろよ」

ヨシヤはいよいよ、作業着を握り締めていた航太の手を摑んで放しにかかる。

それがショックで、また嗚咽《おえつ》が漏《も》れた。

「で、でもっ……お金っ……取らないんですよね？　仕事でもないのに、どうして夜中に、よく知りもしない俺のこと迎えに来てくれたんですか？　怒ってくれるんですか？　口が悪くても、デートしてくれたのが素のヨシヤさんじゃなくても……そんなヨシヤさんだから、もっと知りたいんですっ」

言いたいだけ一方的に喋り終わると、航太の頭上で、チッと舌打ちする音が聞こえた。

身勝手過ぎた。我に返って身を引こうした瞬間、ヨシヤに後頭部から引き寄せられた。

「んっ……」

何が起こったのか気付くまで、しばらく時間がかかった。

何せ初めての経験だ。

——温かい。

ヨシヤの唇が、自分の唇に重なっている。

「ふっ……」

温かさで身体の力が抜けていく。触れ合った唇の感触を確かめたくて、自然と唇が開いた。

粘膜の柔らかい感触に、胸が、指先が痺《しび》れて震える。

――もっと欲しい。

彼の腕の中でまだ服を摑んでいた手に、ぎゅっと力が籠る。だが、もっと続けて欲しい航太の意に反して、ヨシヤは唐突に航太の両肩を突き放すように身を引いた。

「最初のデートでお前の悩みを聞いたとき、この子とはもう会うべきじゃないと思った」

航太は濡《ぬ》れた瞳のまま、ヨシヤをじっと見詰めた。

ヨシヤがほんの少しだけ微笑んだ。

嫌なことは言わないで欲しい。でも前にも同じようなことがあったから、嬉しいことを言ってくれないのは、もう分かっていた。

「俺は誰とも付き合う気はない。お前がどうとかじゃない。無理なんだ」

「……」

おそらく、それは初めて教えてくれた彼の本心だった。

「それ、訴えるなら訴えろよ」

立ち上がったヨシヤは、ナイトテーブルの名刺と薬を振り返り、怒りとは少し違う、辛そうな顔をした。

「頼むから――これからは気を付けてくれ。今度こそ本当にさよならだ、航太。俺はもう助けられないから」

呻《うめ》くようにそう言い残し、ヨシヤは一度も振り返らず部屋を出て行った。

こんなことなら、嫌いだとか興味ないと言ってくれた方がまだよかった。誰とも付き合わないとは、どういう意味なのだろう。喉に何か詰まったみたいに苦しくて、息ができない――。

一人残された航太は、しばらくベッドの上に蹲ったまま動けなかった。

悩みに悩んだ末、航太は先週と同じ場所に来ていた。

ラビットホール。

マスターには悪いけれど、できれば二度と来たくなかった。電車が最寄り駅に近くなってきた時点から、既に航太はビクビクしていた。先週、自分に薬を盛った人たちがもしこの辺りにいたらと思うと、足が竦《すく》みそうだった。

それでも、ずっとヨシヤのことが頭から離れなくて、他にどうしようもなかった。最初に振られたときは、もうこれ以上苦しいことなんてないと思っていたが、ぶっちぎりでその苦しさを上回り、このまま何もせずに彼を忘れるまで、じっと耐えることはできなかった。

「マスターさん！」

店に行ったからといって会えるかどうか自信がなかった。でもすぐにカウンターに立っているマスターを見つけ、開店直後で人もまばらな店内で、航太はなりふり構わず声を上げた。

一瞬、怪訝《けげん》そうな顔をされて人違いかと思ったが、彼はすぐ笑顔を浮かべ航太の方に近付いてきてくれた。

黒髪でオールバックという髪型も手伝って、先週会ったときはもう少し年が上だと思っていた。しかし、こうしてまともに頭が働いている状態で改めて顔を合わせた彼は、ヨシヤと同じくらいの年齢に見える。笑顔の似合うお兄さんだった。

「先週の――あの後、大丈夫だった？」

「はい。ありがとうございました。ちゃんとお礼も言わないままで、すみませんでした」

「一人で来たのかい？」

「はい」

覚えていてくれたことに感謝して肩の力を抜いた航太は、スツールに腰掛けてノンアルコールで何か作ってくださいとお願いした。

でも彼は航太のオーダーには答えず、探るような目を向けてきた。

「今日はどうしたんだい？」

「お聞きしたいことがあって……」

「俺に？」

決して感じが悪いわけじゃないけれど、会話のテンポが微妙だと思ったのは気のせいじゃないのだろう。

これは警戒されている。仕方ない。航太だって、逆の立場ならそうなる。

それでも怖いのを我慢してここまで来たのは、ヨシヤに繋《つな》がる人を他に知らないからだ。空気を読んで簡単に引き下がることはできない。

「はい、マスターに乗せた拳を握り勢い込んで口を開くと、彼が急に吹き出した。

カウンターに乗せた拳を握り勢い込んで口を開くと、彼が急に吹き出した。

「ごめん、そのマスターさんってのが、ちょっとツボってて——昴《すばる》でいいよ。ちょっと待ってて、ノンアルコールだね」

「ありがとうございます」

程なくしてマスターが持って来てくれたのは輪切りのオレンジが飾られたカクテルだった。

航太はその細長いグラスを、すぐさま両手で握り締めた。もうこの間のようなことはないと思うが、前回もそう思っていてああなったのだ。用心に越したことはない。

航太の思考を察したのか、昴は苦笑いを浮かべると、カウンターに両手をついて身を乗り出してきた。

「それで？」

「あの、俺、ヨシヤさんのことどうしても知りたくて……マ、いえ、昴さんはお友達だってお聞きしたから、それで——」

「〝ヨシヤさん〟ねぇ……。まぁ、小学生の頃からの付き合いだけど……君は、えっとごめん、名前は――」

「失礼しました、若菜《わかな》航太です。あっ、フルネームはダメでしたっけ？」

ネットの情報によれば、ゲイバーでは本名やフルネームは名乗らないらしい。うっかり忘れていた。ヨシヤに気を付けろと言われたのに。

失敗を悔やむ航太をよそに、昴はクスクス笑う。

「いや、ダメってわけじゃないけど。コウタ君ね、コウタ君は学生さんだよね」

「はい、大学生です」

「学生さんがいつ、あいつと知り合ったの？」

「俺は、ヨシヤさんに仕事をお願いして……」

ガキの頃からと言った昴とは比べ物にならない。我ながら、なんの説得力もない間柄だ。航太にとってはそれだけじゃないが、どこまでどう説明すればいいのだろう。

「そっか、お客さんのコウタ君は、何を知りたいのかな？」

昴はニコニコしているが、見えない壁のようなものを感じる。

航太は、彼が作ってくれたクリーミーなカクテルで喉を潤した。

「なんであのとき、俺のこと、その、彼氏って言ったんですか？」

口にすると恥ずかしくて仕方ない。アルコールも口にしていないのに、誰もが飲んだことを疑わないくらい赤くなっている自信がある。

「ああ——本人には聞いたの？」

　昴にどんどん不審がられていくような気がして、航太は焦った。

「聞きました、でも答えてくれなかったんです。けど……」

　それからヨシヤは、航太を引き寄せて口にキスを……。

　航太はそのときの感覚を思い出してしまい、頭を抱えた。今はそれどころじゃないのに、身体に甘い痺れが走る。

「めちゃくちゃ顔赤いけど、大丈夫？」

「す、すみません」

「まさか、ヤるだけヤられたのか」

　顔を近付けて声を潜めた昴は、とんでもないことを言う。航太はその場で目を見開いて飛び上がった。

「そ、そ、そんなことはっ、うわっ」

　テンパった航太がスツールから転げ落ちそうになったところ、身を乗り出してきた昴に腕を摑まれた。

「あっぶねぇ。大丈夫か？」

「はー、びっくりした。ありがとうございます」

　航太はまだ色々な意味でドキドキしている胸を、そっと撫で下ろす。

そんな航太を見て、昴は仕方ないというような顔で笑う。

「なるほどな……付き合ってると思った理由だけど、可愛くて素直そうな感じが、あいつのタイプだから」

航太はまたも目を見開いた。ヨシヤが自分をそんなふうに思っていたとは思えない。

「――昴さんは、ヨシヤさんの付き合ってた人、知ってるんですか？」

昴はほんの少し迷う素振りを見せた後、肩を竦めた。

「そりゃまぁね。けど、聞いてどうするの？」

少しは警戒心を解いてくれたと思ったが、そう甘くはなかった。腕を組んだ昴は、胡乱《うろん》げな目を航太に向けてくる。

「もう会わないって言われたんですけど、諦められないんです」

危ない奴だと思われる要素はいっぱいだろう。航太にもそれは分かる。

でも――。

「優しくしてくれて、助けてくれたし、怒ってくれたんです。だから俺のことが嫌いとか興味ないって言われるならまだ……でも誰とも付き合わないって、どうしてなんでしょうか？　そんなのって、寂しくないですか？」

昴はまだ黙って話を聞いてくれている。

航太はぎゅっと拳を握り締めた。もう一つ、気になっていることがある。

「それに、すみません……でも俺、あの日、お二人が話してるの、多分、聞いてしまったんです。ヨシヤさんのお父さんは――」

　そこまで口にしたところで、顔の前に布巾を持った手を掲げられた。

「ストップストップ。勝手にあいつのこと喋るわけにはいかないから」

「そうですよね。すみません」

「けど……君のことを嫌ってるとかそういうわけじゃないよ。だって、嫌なら人をやればいいのに、わざわざ自分でコウタ君を迎えに来ただろ？」

「人をやる？」

　意味が分からず聞き返すと、昴は布巾を一振りした。

「それも知らないか、忘れてくれ」

「気になります」

　航太が身を乗り出すと、昴はカウンターに両手をついて、うーんと唸《うな》りながら、しばらくの間、やじろべえのように左右に身体を揺らしていた。

「あいつの会社のホームページ、見たことある？」

「もちろんです」

　そもそも、ネット検索で便利屋りらいを見つけたのだ。その後も、ヨシヤについて何か情報が得られないかと、時々ページを開いている。

「じゃ、また隅々まで見て」

隅々までという言葉に引っ掛かりを覚えながら、航太は頷いた。

「はい。あの――」

「ごめん。これ以上は言えないよ。やっぱり本人に聞いた方がいいと思う」

「ですよね……」

でも話をしてくれるのだろうか。もう助けないとまで言われてしまったのだ。けれど、うーんと眉間に皺《しわ》を寄せ困っている昴を見て、航太は色々聞いてしまったことが改めて申し訳なくなってきた。

「そんな捨て犬みたいな顔されたら、俺も辛くなるな」

「いえ、お仕事中にすみませんでした」

「構わないさ。話を聞くのも俺の仕事の内だ。まぁ、そう落ち込まなくていいんじゃない？嫌いって言われてないんだろ？」

思いっきり同情に満ちた目を向けられて、航太は情けなくて泣き出しそうになるのを堪えながら無言で頷いた。

「あ、そうだ。恭しいって漢字知ってるよね？」

「え？　ああ、はい」

唐突でなんの話かはさっぱり分からないまま、航太は再び首を縦に振る。

「俺の友達に、恭しいっていう字に久しいって書いてヨシヒサって読む奴がいたんだよ」

「はぁ」

ますます意味が分からない。航太は首を傾げる。

「その漢字は名前だとキョウって読む方が多いよな」

「そうかもしれないですね。でも、なんの話なんですか?」

ハテナマークが飛び交っている航太に、昴は意味深にニヤリと笑うだけだった。


残りのドリンクを飲み干してバーを後にした航太《こうた》は、駅で電車を待つ間、便利屋りらいのホームページを眺めていた。

隠しページでもあるのだろうかと、あちこちタップしてみるが、シンプルで洗練されたデザインの中に、そんなものがありそうな場所はない。

――でもすごいなぁ……。

世の中にはいろんなことで困っている人がいて、確かにこれは誰に頼んでいいか分からないという様々な依頼例が、便利屋りらいのホームページには並んでいる。

ヨシヤが最初に会ったときに話してくれたピアス探しだってそうだ。警察に届けても、見つかるまで一緒に探しましょうとはならないだろう。それがもし盗品や、何億もする社会的に価値のある物なら別かもしれないが。

「心って意外と救われないのかな……」

航太がやっているボランティアは、他のボランティアサークルみたいにコンサートをするとか、持てる技術で貢献するものではない。もちろん、そういった芸術に人を動かす、すごい力があるのは分かっている。

でも航太はもっと近い距離に居たい。たとえば一緒に作業をしながら仲良くなって、「これをして欲しい」「こんなことが辛《つら》い」という話を聞いたら、それを解消したい。

いつも具体的に何かできるとは限らない。でも人は不思議なもので、心を通わせることができると少し気持ちも軽くなる。

そんな取り留めのないことを考えながら、以前にも読んだことのある、代表取締役社長のメッセージを眺めた。

――心を置き去りにはしません。世の中には様々な社会の仕組みや法律などがあり、勿論《もちろん》、それらが我々を大いに助けていることに疑いの余地はありません。ですが、もし、あなたの心が置き去りになっていたり、誰に助けを求めていいのか分からないときは、わが社を思い出してください。一人一人に寄り添って、最善の対応をさせていただきます。

そう、まさにそうだ。

航太が言いたかったこと、目指すのはそういうことだ。

改めてちょっと感動してしまった。

「ん？」

最後までメッセージを読んだ航太は、何かに引っ掛かりを覚えた。

「……あっ！」


——うわ、綺麗《きれい》なとこだな。

航太はビルの前で一旦立ち止まり、スーツの上に着ていたコートを脱いだ。

築年数の浅そうな五階建てのビルは一階にコンビニもあり、床は鏡のようにピカピカに磨かれている。

エレベーターに乗ると、鏡でネクタイの位置をチェックした。

今からバイトの面接を受ける。

スーツでいいのかどうか分からなかったが、大学に入学してから三年目の今までずっと塾講師一本だったので、何を着ていいか分からなかった。

無人の受付に置いてあったタブレットの指示に従って面接に来た旨を知らせると、間もなく首からIDカードを下げた女性がやってきて、航太に微笑《ほほえ》んだ。

「若菜《わかな》さんですか？」

「はい。四時から面接を受けさせていただく若菜航太と申します。よろしくお願いします」

スーツを着ているせいか、会社の雰囲気のせいか、さながら就活本番のような気分でお辞儀を決める。

「本日はお越しいただきましてありがとうございます。お部屋にご案内いたします」

「はい」

ある意味で就活と同じくらい、いや、それ以上、今日は航太にとっては大事な面接だ。

「失礼します」

案内された部屋のドアをコンコンとノックして開けると、テーブルを挟んで並ぶ対のソファの片側にヨシヤが座っていた。

「あっ……！」

これにはさすがにびっくりした。

腕を組んでソファにふんぞり返ったままのヨシヤは、航太をじろりと睨《にら》み付けてきた。先日とは違ったビジネス仕様のスーツを着ている。

「お前、何考えてんだ？」

「じゃ、なんで履歴書で落とさなかったんですか？」

ラビットホールで昴《すばる》と話した帰りにホームページを見ていたとき、航太は便利屋りらいがアルバイトを募集していることに気が付いた。

「それに社長一人でバイトの面接って……」

「なんか文句あるか?」

「いえ」

そうなのだ。

ヨシヤは便利屋りらいの社員ではない。代表取締役社長だった。

昴が「人を寄越さず自分で来た」と言ったのは、もしヨシヤが嫌なら社員に航太を迎えに行かせればいいという意味だったのだ。

「俺は書類選考はやってない。いい大学のお坊ちゃんがこんな志望動機書いてきたら、そりゃ通るよな」

ヨシヤはテーブルに置いてあった航太の履歴書に、投げやりな視線を送る。

「読んでくれたんですね」

航太は少し嬉《うれ》しくなって微笑んだ。

「お前、ストーカーにでもなるつもりか? あれだけ言ってやったのに、また昴の店に行きやがったらしいな?」

呆《あき》れ返るヨシヤの向かい側に、航太は勝手に腰を下ろす。

「違います。勝手に色々聞こうとしたのはすみません、でも、本当に履歴書に書いた通りです。俺は卒業後、公務員になって人の役に立ちたいと思ってます。そのために試験の準備とかはしてますが、便利屋りらいさんに自分もお世話になって、試験対策じゃ教えてくれないことを学びました。頼り方が分からない人や困っている人の役に立ちたいんです。公務員になったら、地域の人の気持ちに寄り添える人になりたいんです。だからそれまで、柔軟な人助けを行っている御社で色々学ばせてください！」

半日はかけて纏《まと》めた志望動機を一気に捲《まく》し立て、航太は大きく息をついた。

「ヨシヤさん——ううん、恭也《きょうや》さん。俺、恭也さんのこともっと知りたいんです、好きです」

助けに来てくれた日、バーで聞いてしまった父親のことも話して欲しい。

今はまだ勝手に聞いてしまった分際で、自分からは切り出せないが——。

ずっとそっぽを向いたままだったヨシヤ、いや、九賀《くが》恭也——それが彼の本当の名前だ——はゆっくりと航太の方を向いた。

昴が帰り際にしてくれた、わけの分からない話の謎がこれだ。

社長メッセージに添えられてあったサインを見て気が付いた。

恭しいという字をヨシと読む、会社代表の名前の九賀恭也の〝恭也〟は素直に読めばキョウヤだが、ヨシヤとも読める。

恭也は無の顔でフンッと鼻を鳴らし、ようやく形のいい唇を開いた。

「言葉遣いがなってない」

「えっ」

「ここは日本だ。誰が面接に行って社長を下の名前で呼ぶ」

「すみません」

「塾のバイトは?」

「続けます」

「掛け持ちする気か?　公務員試験対策はどうすんだ?」

「大丈夫です。講義の方の単位をもうほとんど取ってるので。俺、体力はあります」

「俺っつうな」

「ごめ、申し訳ございません」

完全に無視された告白と矢継ぎ早の質問に、心臓が落ち着かない。

そんな航太と違って氷点下さながらのクールさで、恭也は静かに言い放つ。

「無茶だろ」

「あの、会社を持とうと思ったくらい恭也さんがこの仕事をしたかった理由はなんですか?」

「誰の面接だよ?」

「俺、いえ、私のです」

恭也は航太の好きな緩やかなウェーブのかかった前髪をかき上げ、頭痛にでも耐えているかのようにこめかみを揉《も》む。

「はい、不採用です」

「どうしてですか？」

思わず航太が立ち上がると、恭也に睨み上げられた。

「座れ」

「はい」

恭也は一つ咳払《せきばら》いをして、仕切り直した。

「志望動機自体は、アルバイトには十分過ぎるくらいだ。でも、もう一つの動機は完全になしだ、あり得ない。職場恋愛なんて以《もっ》ての外だ。それに俺は誰とも付き合わないと言った」

「どうしてなんですか？」

「お前に関係ないだろ」

「じゃ、どうして助けに来てくれたんですか？」

「だから後味悪いのが嫌だからっつっただろうが」

「でも昴さんが、恭也さんが自分で迎えに来てくれたのは嫌われてないからだって……」

やっぱりだめなのだろうか。

もっと彼のことを知りたい。

教えて欲しいことがいっぱいある。

「それは俺がゲイだと社員に話してないからだ。お前が余計なこと喋《しゃべ》るかもしれないのに、危険を冒すと思うのか」

「でも、き、キスは？」

あれは薬の幻覚か何かだったのだろうか。

絶対にそんなはずない。男同士なら嫌いでもキスするのだろうか。いや、性別なんて関係ないだろう。わざわざ嫌な相手にキスするとは思えない。

恭也はじっと目を伏せて組んだ手に顎を乗せたまましばらく黙っていた。

「なんでキスしたんですかっ……」

「泣くし黙んねぇし、仕方なく？」

またそっぽを向いてソファに背を沈めた恭也は、完全に逃げの姿勢だ。

「じゃ、泣いたらいいんですね。泣いたら、またしてくれるんですかっ⁉」

いい加減、航太も腹が立ってきて声を荒らげると恭也は目を見開いた。

「なっ……駄々っ子か、お前は！」

「そ、そんなの……そんなの、恭也さんだって！」

航太は思わず握った拳《こぶし》をわなわなさせて立ち上がった。

自分に興味がないと言えばいい、好きじゃないと言えばいい、でも恭也はそうしないくせに去れというのだ。

「仕方なくじゃないですよね？　だって、恋人がいるとか、嘘《うそ》つくこともできたじゃないですか！　興味がないって言えばいいじゃないですか！　でもそうは言いませんでした。だけど、誰とも付き合わないっていうのも本心なんですよね？」

「それが分かってんなら、いい加減にしてくれよ……」

腕を組んだ恭也は、これ見よがしに不服そうな顔で溜息《ためいき》をつく。

でも航太はようやく光を見た気分だった。

「嫌です。だって、あのとき恭也さん辛そうな顔してました。一人がいいなら、あんな顔しないですよね。恭也さんは、自分のこと大事にしてますか？　寂しくないんですか？　俺じゃだめなんですか？　一方的に人のこと助けてばっかりで、恭也さんのことは誰が助けるんですかっ」

「はぁ!?」

あからさまに嫌そうで、何言ってるんだコイツという顔だ。綺麗な顔は、どんな表情をしていても、神々しい。それに凄《すご》むと無駄に迫力がある。

航太は怯《ひる》みそうになり、いろんな感情の詰め合わせで汗ばんだ拳を、再度握り締める。

間違ってたっていい。

もう最後まで言わせてもらう。

「なんで人のことは助けるのに、自分の心は置いてきぼりにするんですか！」

言いたいことはすべて言った。

シーンとした室内で、暖房の音、自分の上下する胸、乱れた呼吸がやたらと気になる。

お互い、どれくらい黙っていただろう。

今までと違って、棘《とげ》のない口調で恭也が告げたのは残酷な言葉だった。

「悪いけど、雇えない」

「……そうですか」

脚の力が抜け、航太はソファに崩れ落ちるように腰を下ろした。

諦《あきら》めるしかないのだろうか。

いや、もうとっくにそうすべきだったのだろう。これじゃ、本当にストーカーだ。

今度こそ、本当に終わりだと思うと堪《こら》え切れず視界が滲《にじ》んだ。

恭也と出逢《であ》ってから短い間にいろんな感情が駆け巡り、随分、涙もろくなった気がする。

航太は俯《うつむ》いたまま、つんと痛む鼻を啜《すす》り上げた。

恭也はその音をかき消すように、再び咳払いをした。

「その代わり、何かうまい物を食いたいときは俺が奢《おご》ってやる」

「えっ」

聞き間違いだろうか。航太は自分の耳が信じられず、勢いよく顔を上げた。

何かいいことを言ってくれた気がする。

「お前、また泣いてんのかよ……ガキが」

十二月ともなれば街は、どこもかしこもクリスマス一色だ。

航太は垂れてきたマフラーを巻き直し、行き交う人々が写り込まないように苦労しながら駅前のライトアップされたツリーにスマホを向けた。

「そんなもん、毎年同じだろ」

文句を言いながらも立ち止まってくれるが、恭也は興味のなさ全開だ。

「いいじゃないですか」

たった一回のキスという弱みに付け込んだのかもしれないけれど、恭也と一緒にいる。それだけでも今年のツリーは特別輝いて見える。

「全部入らないな」

てっぺんまで全部カメラに収めたいのに、どうしてもツリーが見切れてしまう。

「下手クソが。貸してみろ」

恭也は航太の手からスマホを抜き取ると、少し移動し写真を撮り始めた。

今日の彼は、キャメル色の質の良さそうなロングコートに、白いタートル、チノパン姿だ。

背の高い彼が着ているとやたら存在感があって、いつもかっこいいがやっぱり今日もかっこいい。

「ほら、これでどうだ？」

返ってきたスマホの画面には、鮮やかなクリスマスツリーがしっかり納まっていた。心なしか画像も鮮やかに見える。

「うあ、すごいっ。なんで？　どうやったんですか？」

「便利屋だからな。写真を撮る機会も多いんだ」

ちょっと得意そうな恭也を見て、思わず口元が綻《ほころ》んだ。

彼が少しでも自分のことを話してくれると嬉しくなる。

というのも、恭也はこれまで本日を入れて三回、夕食に連れて行ってくれたが、相変わらず、漏《も》れなく、いつも、そっけない。

結局、どうして会社を始めたのか、なぜ、誰とも付き合わないと言ったのか、教えてもらえていない。

「ありがとうございます。ホーム画面に設定しよう。あ、あの、恭也さん、一緒に撮ってくれませんか？」

「は？」

何かとんでもないニュースを聞かされたかのように、恭也は最高に整った目を丸くした後、またすぐに航太から目を逸《そ》らした。『彼氏』だったときと違って、本当の彼は睨むときを除いて、あまり目を合わせるのが好きじゃないらしい。

「悪いけど、そういうの苦手なんだ」

ツンツンした恭也に慣れてきただけに、妙に優しい口調で断られると却《かえ》って気まずい。

「い、いいえ、いいんです。言ってみただけです」

ここに来る途中、電車でスマホを弄《いじ》っていたら、絵里奈《えりな》から彼女のSNSのURLが送られてきた。最近、彼氏ができたと聞いていたが、送ってくれたのは、彼氏とツリーの前で撮った写真だった。幸せオーラ満載の彼女を見て、本当に良かったなぁとほっこりした。

でも物凄く羨《うらや》ましい。

航太はSNSにアップしようとは思わないが、恭也の写真を一枚も持っていないのは寂しい。

「それじゃあ……俺はこれから仕事だから。送ってやれなくて悪いな」

「いえ……」

そう答えつつ、内心、今日も食事だけで解散かとがっかりしていた。

――そもそも、付き合ってる？　これって付き合ってるのか？

これまでの二回も、ただ食事をしただけだ。そのうちの一回なんか、恭也がどうしても仕事に行かないといけなくなり、「お前食って帰れ」と一人で店に残された。

「ありがとうございました。美味《おい》しかったです」

いつからこんなに贅沢《ぜいたく》になったのだ。会えるだけでいいと思っていたのに。

——でも……。

今回はステーキ、前回は寿司、前々回は鉄板焼きの店だった。それもカウンター越しに握ったり焼いたりしてくれる店だ。だから込み入った話は全くできなかった。

「恭也さん」

付き合うとかそういう話をしたことはないし、二度ほど縁を切られかけている。

「駐車場まで、俺が送っちゃだめですか？」

今日は来週のクリスマスの予定と、自分たちの関係について聞きたいと思っていた。が、結局、いいタイミングを見つけられなかった。でもこのまま聞かずに帰りたくない。

「あ？　なんで？」

恭也は訝《いぶか》しげな視線を向けてくる。

「いつも奢ってもらってばっかりなので……」

「へぇー。ずっと奢り続ける気はないし、すぐそこだぞ」

そんなものが礼になるのかと言われるかと思ったが、イエスもノーもなく歩き出した恭也の後を航太は着いていく。

奢り続ける気がないとは、どういう意味なのだろう。

割り勘でもいいということなのか、それとも……。航太は不安を掻《か》き消そうと、密《ひそ》かに深呼吸した。今は、予定していたミッションをこなすのが先だ。

「来週っ、クリスマスですね」

「ああ。来週から年末まで休みなしだ」

そこの角で曲がる、と少し先を指差した後、恭也は何でもないことのようにそう言った。

「……そうなんですか。大変ですね」

撃沈だ。一緒にクリスマスを過ごせるかもしれないなんて、浮かれポンチもいいところだ。

それどころか、暗に半月も会えないと言われたようなものだ。

「行事のあるシーズンはクソ忙しい」

クリスマス、行事、そこから導き出される彼の仕事といえば、アレだ。

既に凹《へこ》みまくった航太は、いつも通りに話すことに全神経を集中させなければならなかった。

「じゃ、いつ休めるんですか？」

「正月は多分休めるかな」

期待して誘いの言葉を待ったが、恭也は黙って先を歩いていく。

――クリスマス、どんな人の『彼氏』になるんだろう。

航太は少し前を歩く恭也の横顔を見詰めた。その綺麗な顔からは、何を考えているのか、全く分からない。

「お正月は――」

実家に帰るのかと聞きかけて、すんでのところで思い留《とど》まった。

「正月がなんだ?」

コインパーキングの精算機の近くまで来て、恭也が立ち止まった。あっという間に着いてしまった。

「実家に帰るのか?」

珍しく質問が飛んできた。

「えっ、あ、はい」

「だろうな」

航太が実家に帰れば、お腹いっぱいになるまでの美味しい料理、家族や親戚と近況報告をし合ったり、一緒に初詣《はつもうで》に行ったり、いくらでも楽しいことがある。

でも、家族には申し訳ないが、今は恭也のことが気になって仕方ない。

「お休みだったら、どこか行くんですか?」

「いや、寝る。そんな人の多い時期に出歩かねぇよ、めんどくせぇ」

「普段、ちゃんと寝てないんですか?」

「そんなことねぇよ。それより……」

恭也は落ち着かなげに、言葉を濁した。

分かっている。なんだかんだ言って、気を遣ってくれて追い立てないだけで、仕事に行かないといけないのだろう。

まだまだ聞きたいことがある。恭也は実家に帰らないのだろうか、帰る所はあるのか――。父親とはどんな関係なのだろう。もし一人で休みを過ごすなら、寂しくないのだろうか。嫌じゃないなら会って欲しいけど、疲れているなら休んで欲しいとも思う。

でも誘ってくれないところをみると、会っているうちに、やっぱり嫌になったのかもしれない。いや、最初から何回か付き合って、フェードアウトするつもりだったら……。

いろんなことが頭を駆け巡り、航太はもう感情が抑えきれなくなった。

「恭也さんっ……」

航太は恭也の首に腕をまわすように、彼に抱きついた。下手なキスは彼の唇の端を掠《かす》め、僅《わず》かに頰に触れた。すぐに我に返り、急にこんな暴挙に出てしまったことが恥ずかしいやら恐ろしいやら。航太は背伸びしたまま恭也のデコルテに顔を埋《うず》めた。

恭也の両手が航太の両腕を摑《つか》む。引き剝《は》がされてそんな気はないと怒られるかもしれない。

身体《からだ》がガタガタ震えそうだった。

「も、もう居なくならないでください」

「え――」

低く呟《つぶや》いた恭也は、固まったように動かない。

「だって、二回も縁切ろうとしたじゃないですか……。あのとき諦めてたら、恭也さんの本音も聞けなかった……そんなの辛過ぎます。だから、今度、また気が変わったときも、ちゃんと話して欲しいんです」

息を詰めていた恭也は、しばらくの間、航太を引き離そうとも抱き返そうともせず、じっとしていた。

それはそれで彼らしくない。

どれくらい間が空いただろう。幸い誰も通りかからなかったということは、実際、航太が感じていた何倍も短い時間だったのだろう。

「俺は——」

恭也が静かに口を開いたとき、彼のポケットからバイブ音が聞こえ、航太は抱き返してはくれなかった彼の腕から離れた。

「す、すみません。電話、出てください」

「いや……」

「俺、か、帰りますっ」

自分のしたことと、応えてもらえなかったこと、二重の恥ずかしさと苦しさに耐え兼ね、航太は走って駅へと戻って行った。

大学はクリスマスを境に休みに入るが、塾の方は中学、高校が休みの間、午前中から生徒を受け入れフル回転となる。

受験生を多く抱えている航太は忙しく、二十九日の年内最後の授業までバイトに入っていた。

「若菜っち、本当に彼女いないいんだね」

「なんで先生ずっと彼女いないいの？」

イレギュラーな午前中の授業に毎日のように入っていたため、生徒たちは言いたい放題、航太を揶揄《からか》ってきた。

「いいだろ、別に」

彼女がいないことに間違いはないのだから、胸がズキズキする必要はない。

脳裏に、ツンツンじゃない甘々モードの恭也が、『彼氏』として『彼女』に笑いかけたりしている姿がいくら浮かんでこようが、そう言い聞かせて笑うしかない。

「彼女できたら教えてね」

「俺は勉強で忙しいの」

「若菜センセイ、真面目過ぎるとモテないよ」

「モテなくても、やりたい仕事に就けたらいいんです」

そんな感じで散々、生徒に弄られボコボコに凹んだ後、更衣室で一緒になった瑛司《えいじ》には同情の眼差《まなざ》しを向けられた。

「完全に生徒のおもちゃだな」

「でもちゃんと勉強はさせてるぞ」

そこの線引きはきっちりしているし、まぁちょっと情けないが、生徒たちもふざけて楽しんでいるだけなので、そう目くじらを立てることもないだろう。

それよりも——航太はちらりと瑛司の様子を盗み見た。別段、急いではいなさそうだということを確認して切り出した。

「あのさ、着替えながらでいいんだけど、ちょっといいか?」

「おう」

「友達から相談されたんだけど、俺、こういうの疎くてさ」

頭をかきかき、ドキドキしながらそう持ちかけたのは、恭也と自分の関係がどんなものか客観的な意見を聞きたかったからだ。

「なんだ、恋愛の話?」

シュッとネクタイを抜き取った瑛司に、当たり前のようにトピックを言い当てられる。

「まだ何も言ってないのに分かったのか」

思わずテンパりそうになるが、お陰で切り出しやすくなったと思うことにしよう。

航太は恭也と自分のここ最近のダイジェストを色々ぼかして語り終えると、瑛司は眉間に皺《しわ》を寄せた。どうも雲行きが怪しい。

「なるほど、押せ押せでデートはできるようになったと。でも相手の気持ちは分からないままクリスマスは仕事でしばらく会えないのか。それ、どっちが女？　男？」

やっぱりそこは気になるのか。航太はどう答えればいいのか迷いながら、着替えたスーツを持ち帰って洗濯すべくリュックに詰め込んだ。

「性別で変わるのか？」

「そりゃそうだろ。相談してきたのが女なら、お前に気がある可能性が高くなる」

航太は咄嗟《とっさ》に首を振った。

「男で俺らと同じ三年だ」

まぁ、本人なので嘘にはならないと思いたい。

「女の方、年上っていくつ？」

「三十」

「すげぇ上だな。いや、でもちょっとエロくて俺は全然ありだな」

舌なめずりしそうな顔で顎を擦《さす》る瑛司を見て、相談しても無駄だったかもしれないと航太は思い始めた。

「いやいや、悪い悪い。ちゃんと考えてるって」

航太の冷めた視線に気付いたのか、瑛司はそう言って真剣に唸《うな》り始めた。

「いくつか可能性は考えられるよな。その一は遊ばれてる、だからイベントデートはなし。その二、まじで忙しい。結局、社会人のこと分かんねぇからなぁ。その三、年下に怖気《おじけ》づいてる。俺がパッと思いつくのはこんなもんだな」

やっぱりどれもこれも嬉しいものじゃない。

「年下に怖気づくって？」

いつ捨てられるかビクビクしているのは、航太の方だ。

「お前、疎過ぎ」

緩々と首を振った瑛司は、意外なヒントをくれた。

「三十だろ？　二十一の子に本気になって捨てられたら、みたいなのあるだろ。それ、男の方も悪いぞ、仕事だって言われても本気なら誘って意思表示くらいはしとけよ」

「ああ……そっかっ」

航太はハッとする。

彼が自分に捨てられるかもしれないとは思えないが、航太も会いたいと直接は伝えていない。やっと一緒に出掛けてくれるようになった恭也にまた突き放されたらどうしようと、ネガティブになって察してくれという態度を取ってしまっていたかもしれない。だとしたら最低だ。

「念のため聞くけど、人妻じゃねぇよな？」

「だ、誰が不倫なんかっ……」

あるわけないだろうと勢い込むと、落ち着けというように肩を叩《たた》かれた。

「じゃ、今度、家に行っていいかって聞いてみな？　旦那がいないか確認できるし、うまくいけばヤれるぞ」

「ヤッ……い、いや、家に？」

頬が熱くなる。そんなことは恐れ多くて想像するのもダメな気がする。それに家に入れてくれるのだろうか。入れてくれたら、すごく嬉しい。

「頑張れよ。そっか、お前、年上好きだったんだな」

「サンキ……いや、俺じゃなっ――」

瑛司は訳知り顔でバンバンッと航太の肩を叩くと、「お先に」と帰って行った。

おかしい。自分のことだなんて航太は一言も言っていない。

もし恭也から「飯に行くか」と連絡が入っていたら、家に行ってもいいか聞いてみようと祈るようにスマホを開いたが、相変わらず音沙汰《さた》はなかった。

じくじくと胸が痛んで気持ちが沈んだ。

――メリークリスマスって送ればよかったかな。

でも、それで返事がなかったら、もっと落ち込んでいただろう。

結局、恭也から連絡があったのは、塾の仕事納めの翌日、神奈川《かながわ》の実家に帰った後だった。

『こっち戻ってきたら飯行くか？』

そんな素っ気ないメッセージだったが、航太は舞い上がってリビングから二階の自分の部屋に駆け込み、すぐさま電話をかけてしまった。

『お前、反応早過ぎ』

そう言ってクスクス笑う恭也にムッとしたり、声が聞けて嬉しかったり、急に忙しくなる。

「そっちは連絡なさ過ぎじゃないですかっ」

ここ半月、恋の辛いところばかりと向き合ってきた航太は、つい冗談交じりに恨み言を口にした。

『だから忙しいって言っただろう』

それだって、航太が聞いていなければ言ってくれたかどうか分からない。

そんなメソメソジメジメした思考が嫌になる。ここは頭を切り替えないといけない。

『で、行くのか？　行かないのか？』

相変わらずのツンツンっぷりだが、航太はハッとした。これはチャンスだ。

「ずっと休めなかったんですよね？　じゃ……恭也さんの家でゆっくりするとかっていうのは、どうでしょう？」

妙な間が空いた。無音だ。通信が途切れたのか。気持ちを落ち着けようと、長年、航太の勉強のお供をしてくれていた勉強机に腰掛ける。

「――もしもし？」

『聞いてる』

「……」

『……』

「だめですか……？」

受話器の向こうで、息を詰める音、吐き出す音が聞こえた後、ようやく返事があった。

『いや、だめではない』

妙にぎこちないが、それでもノーじゃない。

「まじですかっ？」

『まじだ』

「……！」

まだ仕事があると言った恭也と話せたのは短い時間だったが、家族に不審がられるには十分だった。

ニヤニヤしている航太を見て彼女ができたのだと誤解した母親のアシストを受け、親戚一同の集まりがある二日の夕食後、早々に実家を後にした。

そして、新年ムードもまだ色濃い三日の夕方。

「お、おめでとうございます」

航太のアパート近くまで車で迎えに来てくれた恭也は、ラフなジーンズにざっくりと編んである白いセーター姿で手を振ってきた。

「こんばんは、でいいだろ。何もめでたくない」

新年の挨拶にもまさかのそっけない返事が返って来て、思わず航太は吹き出した。二週間ぶりに会うし、急に家に入れてもらえることになり、昨日はうまく寝付けないほどドキドキしていたが、相変わらずの恭也に少し肩の力が抜けた。

恭也のマンションに着き、駐車場で車を降りて一緒にエレベーターに乗ると、彼は操作盤にポケットから出した鍵を突っ込んだ。

「何してるんですか?」

「ここに鍵を入れると、俺の部屋まで直通で上がれるようになる」

「へぇ……」

恭也の部屋は最上階にあるらしい。ペントハウスという言葉を思い出した。特別でリッチな響きだ。

部屋の中はそこまでぶっ飛んでいなかったけれど、一人暮らしの普通のマンションではありえない広さだった。

リビングダイニングには、大人が横になれるサイズのソファ、大きなTV。そして二人掛けのナチュラルウッドのシンプルなテーブルセットには、既にランチョンマットとカトラリーが並べられていたが、全体的に物も家具も少なくてがらんとしている。

キッチンに入っていく恭也の後をついて行くと、彼はくるりと振り返った。

「適当に座ってろ」

「何か手伝うことは――」

「ない。気が散る」

ばっさりだ。

ソファが置いてあるリビングは、フランス窓からベランダに出られるようになっていて、陽《ひ》の落ちるのが早いこの季節、夜景がいい感じに広がっていた。

航太がキョロキョロ視線を彷徨《さまよ》わせたり、何か観《み》たい映画があったら探しておけと言われてリモコンを手にしたりしているうちに、彼はポテトサラダ、バゲット、蕪《かぶ》のスープ、そしてデミグラスソースのたっぷりかかったハンバーグを並べてくれた。

「仕事で料理もするんですか？」

家事代行も便利屋の仕事リストに載っていたのを思い出して尋ねた。

焼きたてのハンバーグを切ると、肉汁がとろりと溢《あふ》れ出す。

「んなわけないだろ。調理師免許は持ってない」

「うわ、美味しい、すっごく美味しいです」

「そうか、よかったな」

フイと顔を背けた恭也は、やっぱり素っ気ない。

「よかったな、じゃないですよ。天才です！」

「大袈裟《おおげさ》だな、お前は」

横を向いたままの恭也の耳が、赤くなっていることに気が付いた。

きっとこれは怒っているとかじゃない。彼は照れているのだろう。

ふふんと笑うと、嫌そうな顔をされた。

食事が終わると、恭也は航太が神奈川から土産《みやげ》として持ってきたオーガニックのジュースをグラスに入れてくれ、それをソファに移動した。

「美味《うま》いな、これ」

一口飲んだ恭也が目を丸くした。

「はい！　親戚が毎年送ってくるんです」

実は土産を調達する時間もセンスも微妙なので迷っていたのだが、実家にあったこのジュースなら味も分かっているし大きな瓶《びん》でなかなか高級感があるのでいいと思ったのだ。

「へぇ、いいな。悪い、俺は飲み物のことはすっかり忘れてた。酒でも買っておけばよかったな」

「え、いいですよ。だったら余計にジュースにしてよかったです」

「でも、店ではいつも何か飲んでるだろ？」

航太は水滴を手で拭《ぬぐ》ったグラスをソファテーブルに置いた。忘れるなんて恭也らしくないし、何か気になっているようにも取れる言い方だ。

「それは……恭也さんは大人だから、子どもだと思われたくなくて。俺は美味しいご飯があれば嬉しいんです」

背伸びして馬鹿にされるかと航太は口を尖《とが》らせるが、恭也からは思ったような反応は返って来なかった。

「恭也さんはよく料理するんですか？　じゃないと、あんなに美味しくできないですよね。忙しいのにすごいです」

恭也は氷だけになったグラスを手に、じっと何もついていないＴＶの方を見ている。

「恭也さん？」

航太は彼の顔を覗《のぞ》き込むようにして尋ねた。食事中は気にならなかったが、ここにきて何か彼の様子がおかしい。

「どうしたんですか？」

不安になり、彼の返事を待たずに尋ねた。

「ああ、いや……料理は……最低限、生活のために覚えた」

溶けかけた氷をガリッと噛《か》んで、恭也もグラスを置く。

「一人暮らしは長いんですか?」

航太はまたはぐらかされるかもしれないという覚悟で、恐る恐る尋ねる。これまでも、何度か恭也のプライベートの話が聞きたくてトライしてみてはいたものの、かわされる度にチクリと胸を痛めてきた。

「いや、そういうことじゃない」

「……」

部屋の中はしいんと静まり返っていた。床暖房が利いているから、エアコンの音すらしない。道路を走っていく車の音が微《かす》かに聞こえ、大きくなったと思ったらあっという間にまた無音になった。

ピンと糸が張り詰めたような空気に、航太は口を挟んではいけないような気がして、ただ恭也の方に身体を向けたまま彼が口を開いてくれるのを待った。

「小学生の低学年のときだ、母親が家を出て行った」

「え?」

予期せぬ言葉に、ビクッと身体が強張《こわば》る。

「だからメシは俺が作ってた」

「お母さんが……?」

航太にはうまく想像できなかった。自分がそのくらいの年の頃は、習い事のない日、母親が手作りおやつを用意してくれていたので、友達を誘っていい匂いがする家に帰るのが楽しみだった。考えるまでもなく、航太の知っている母親というものは、いつも家族と共にいてくれる存在だ。

「父親が……飲むと母親を殴ってた。ベタ過ぎて鳥肌ものだろ。飲んでないときは二人共、何事もなかったみたいに話してたけどな。だから、どこの家でも普通にあることなのかと思おうとしたくらいだ」

淡々と語る恭也に、航太は思わず首を振りたくなるのをぐっと堪えた。あり得ない。絶対におかしい。けれど、彼だって今はもうそんなことは分かっているのだ。

「お母さんは、お父さんのこと、何か言ってくれなかったんですか？」

恭也の答えは悲しいことに予想通りだった。

「ああ。ガキに何ができるわけでもない。それでも、辛いって泣かれた方がよかった」

「……方がよかったって、どういうことですか？」

答えを聞くのが怖い。それでも航太は迷った末、口を開いた。

「何の前触れもなくいなくなった」

恭也は重い荷物を降ろしたときのように、大きく息を吐く。

「その朝もいつも通りだった。今でも覚えてる——毎朝、焼いたトーストにマーガリンが塗《ぬ》ってあって、シールを集めてもらう白い皿、あんだろ？　あれに載せて母親が笑顔でテーブルに置く。親父《おやじ》のせいでよく食器が減ったけど、あの白い皿も欠けてたな。元々美味くもねぇけど、たまに寝過ごすとパンが固くなるしマーガリンが白くなって最悪だった。けど、文句は言わなかった。もっと金がねぇときは、パンの耳になる。それよりは厚みがあるからな。ＴＶではくだらねぇ番組が、俺の朝飯んときにいつも芸能ニュースなんか流してやがった。誰も真剣に見てねぇから消せばいいのにな。全部、いつも通りだったんだよな……。でも学校から帰って、何時間経《た》っても母親がパートから帰って来なかった」

「そんな……」

家族なのに、なんでそんなことができるのだろう。黙って置き去りにされる子どもの気持ちを少しでも考えられなかったのだろうか。

「母親がいなくなったら、父親は今度は当たり前みたいに俺のことを殴ってきた。痛いけど、しばらくすれば慣れた。そんなことより、朝、普通に、いつも通り笑ってた母親が、いつから自分のガキを置いたまま逃げようって思ってたのか――そもそも逃げたのか、俺には何もかも……とにかく、理解できなかった」

航太だって、そんなことは一ミリも理解できない。なんで、どうして、他に方法はなかったのか、と恭也の母親を質問攻めにしたい。いや、きっと彼女はそれが分からなくなるほど、追い詰められていたのだろう。

でも子どもがそんなことまで想像できるわけがない。

恭也は一体、どれだけ苦しんできたのだろう。

人生がすっかり変わってしまうような出来事を淡々と語る恭也を前に、航太が取り乱すわけにはいかない。だから航太は頷《うなず》くだけに留め、涙を堪えた。

「でも、ある日、父親があんまり滅茶苦茶しやがるから、ついにブチ切れて殴り返してやった。一発殴っただけなのに、簡単によろけやがって――小六のときだ。でももう体格はさほど変わんなかったんだよな……一気に怒りが爆発して、目玉が飛び出るかと思うくらい腹が立った。殺してやりたかったよ。手が腫《は》れ上がるまで殴ってやった。あいつ、泣きながら蹲《うずくま》ってやがんの。蹲った姿が母親や自分みてぇだなって」

そこで恭也は大きく溜息をつき、航太の方に向き直った。硬い無表情が、目が合うと僅かに緩んだ。

「お前が死にそうな顔してどうすんだよ」

だって、家族は無条件に助け合うし、たとえ、外で何があっても、どんな失敗をしても、絶対的に、無条件に味方のはずだ。少なくとも航太の家族はそうだ。

一番温かく自分を包んでくれるはずの家族が、なんで。

大人同士でもあり得ないが、小学生の子どもが、そんな目に遭っていいわけがない。でも航太が疑問を口にするまでもなく、当事者である恭也は、航太の何十倍、何百倍もそんなことを考えてきたはずだ。

「ご、ごめんなさい……」

恭也の瞳が僅かに潤む。それを誤魔化すかのように、ふっと笑った。

「人間って、あんなに腹が立つんだな。このままじゃ殺《や》っちまうかもしれねぇって思って、自分で警察に通報した。バーで、昴《すばる》と話してたの、お前、聞いてたんだろ?」

「はい……」

「いや、知ってた」

「黙っててすみません」

怒られても仕方ない。だから、恭也が尋ねてきたことは航太にとって意外だった。

「お前、俺が怖くないの」

「え? どうしてですか?」

恭也は背凭《せもた》れから身を起こし、航太の方に身を乗り出してくる。

「俺が昴ん所の備品、ガンガン蹴ったのや怒鳴ったのは、気にならないのか?」

「はい。あんなふうに怒ってもらえて、心配してくれてるのかなって……」

薬を飲ませた人たちに腹を立ててくれたことだけじゃない。

親をちょっと怒らせることはあっても、激怒されるようなことはしたことがない航太にとって、きつく怒られて誰かの思いやりを感じたのは初めてのことだった。

「怖いと思わないのか？」

信じがたいといった様子で、恭也はさっきと同じ質問を繰り返す。

「怖くないです。悪いことをされて腹を立てるのは当たり前じゃないですか。それができないなら、そっちの方が心配ですよ。そうなったらもう、心が死んでるみたいじゃないですか」

大して苦労もしていない自分が何を言っても、何の救いにもならないだろう。自分は恵まれている、何もかも。そのせいで自分がこんなに無力だと思う日が来るなんて。

「このガキは、またそういうことを言う……」

恭也は大きな溜息をついて髪をかき上げる。何も分からないくせにと言われても仕方ないのに、ちょっと照れ隠しも入っているような。少なくとも拒絶はされていない。

「……それが誰とも付き合わないって言った理由ですか？」

唇を真一文字に結んだ恭也は、静かに頷いた。

「俺みたいなのは仕事で人と関わるくらいで丁度いい。相手に踏み込まないなら、あいつと……親父と同じことするんじゃないかって悩む必要もないだろ」

恭也が迷いを見せつつも話してくれたことの重さに対し、航太は自分にできることはなんなのだろうかと考えた。

本当に分からない。もし小学生の恭也が目の前に居たら抱き締めるだろう。彼は彼だと言いたい。父親みたいになるはずがないと言いたい。でも、目の前の彼がそれを望むとは思えない。

「会社を始めたのは、距離を取って人と接したいからだったんですか？」

航太は敢《あ》えて感情を抑え、そう尋ねた。

「関係なくはないが、ちょっと違う。会社をやろうと決めたのは高校のときだ」

「高校生が便利屋さん？」

その発想はかなり変わっているのではないだろうか。航太は、グラスを傾けて溶けた氷で喉を潤す恭也の言葉を待った。

「母親を探したいっていうのはずっと考えてた。けど、保護された俺を引き取ってくれたのは父親の姉だった。母方の親戚ならまだしも、伯母がいくらいい人でも面倒をかけるのには限度があるだろ」

「そうですよね……警察に届けても自分の意思で消えた人を連れ戻すことはできませんし、まず探してもらえるかどうか」

難しいところだと思う。事件じゃなくて本人の意思で身を隠した場合、それはもう警察の仕事ではない。

「ああ。だから、バイトができる年になって金を貯《た》めて探偵を雇った」

「じゃ、お母さん、見つかったんですか？」

そうだといい。そして今は仲直りをして連絡を取り合ってると言って欲しい。でも恭也の雰囲気から、何となくそんな結末でこの話は終わらないことは航太にも分かっていた。

「見つかったけど、もう遅かった」

「それって……」

「亡くなってた」

「そんな……」

　今度はもうどうにもならなかった。航太の頬を涙が伝う。あまりに辛い。辛過ぎる。いくら警察の仕事でなくても、子どもが母親を探しているのに、なんとかもっと早く会える方法はなかったのだろうか。

　でも、それを口にしたところで恭也の心は晴れないだろう。航太は俯いて唇を噛みしめた。

「けど、最後まで俺を捨ててきたことを後悔して、心配してたことも分かった。もっと早く探せてたら、もっと方法はなかったのか、しばらくはそんなことばっか考えて地獄だった。でも、その探偵のお陰で、母親が何を考えていたのか分かったのは救いだった。便利屋をやろうと思ったのは、それがあったからだ。法に触れない、人に迷惑をかけない、それさえ守れば相手の懐事情や要望に合わせて動ける」

　恭也は切実に自分や彼の母親みたいに、声を上げられない、どこに、誰に助けを求めたらいいのか分からない人のために尽くしてきたのだろう。

「あの……」

　まだ聞きたいことがある。今日なら、これまでは到底答えてくれないと思っていたことも恭也は話してくれるかもしれない。それでも、恭也にこれ以上辛い過去を言葉にさせていいのだろうか。

「なんだ？　聞きたいことがあるなら言え」

そう言って恭也がソファの上で居ずまいを正す。膝が触れ合った。

「お父さんは、その後……」

「一回だけ会った。アル中で肝臓をやられて死ぬ前だ」

「っ……恭也さん、ごめ――」

「聞けって言ったのは俺だ」

「でも――」

恭也の目が黙れと言っている。航太が頷いて涙を拭うと、彼はやっと肩の力を抜いた。

「話してくれてありがとうございます。……俺が公務員になって、公ではどうにもできない相談があったら、恭也さんにお願いに行きますね」

とにかく何か言葉をかけたくてそう言うと、鼻で嗤《わら》われた。

「寝言は寝て言え」

でもやっと、恭也の顔にリラックスした笑みが戻る。

「だけど公務員って、ちゃんと規則通りにしないといけないことが多いし、冷たいとかお役所仕事って言われて嫌がられることも多いじゃないですか」

「そうだな、頭でっかちで融通の利かない公務員は実際にいるからな。もし万が一、試験に通ることがあっても、お前はそんなクズにはなるな」

「万が一って……」

航太は唇を尖らせたが、いつもの毒舌恭也にちょっと安心した。

別にマゾなわけじゃない。でも、察するまでもなく、こういう喋り方は他人を近付けまいという、恭也の本音を晒《さら》した素の姿だろう。だから本人には絶対言わないが、ちょっと愛《いと》おしい。

「俺には、でっかちになる頭がないから大丈夫です」

航太自身は医大に入れず落ち込みまくったが、両親も兄たちも「航太は航太でいいんだから、医者にならなくても大丈夫」と言ってくれているし、冗談でも馬鹿にされたことすらない。

「賢くなくても人は好きだから、いいことは一緒に喜んで、助けを求められたら一緒に悩んで、何かできることはないかって考えられる人になりたいです」

「まぁ、適当に頑張れ。――さ、ケーキ食うか」

「ケーキ？」

デザートまで用意してくれたことに驚いたが、恭也が冷蔵庫から出してきたのはホールケーキだったので、さらに驚いた。

二人で食べるのに、なぜ。それだけじゃない、彼はラッピングされた片手に収まる長方形の箱を差し出してくる。

「え？」

「やる」

見た目から、プレゼントだと考えて間違いなさそうだ。

でも意味が分からない。

外で食事だけしてさよならだった過去三回の逢瀬《おうせ》と違って、初めて家に上げてもらったと思ったら色々話してくれて、誕生日でもないのにケーキとプレゼント。

「開けてもいいですか？」

「ああ」

丁寧に包装紙をはがして出てきた立派なケースを開けると、白いふかふかの布の真ん中に鎮座していたのは、黒いボディとシルバーの、シンプルだけどアクセサリーのように綺麗なペンだった。

「これは何ですか？」

「これはペンだ」

英作文の授業みたいなやり取りになってしまったが、聞きたいのはそういうことじゃない。

「すごくいい物ですよね。なんで俺にくれるんですか？」

箱の内側に書かれているのは、航太でも知っているブランドだ。音だけ聞くと美味しそうだが、結構な値段の代物だろう。

「授業に対策講座に就活に、色々書く機会も多いし使うだろ？」

「はい、勿体《もったい》ないくらいです。ありがとうございます」

なぜプレゼントをくれるのかは分からないままだが、嬉しいことに違いはない。でも航太の反応が微妙だったのか、会話が途切れ、妙な空気が流れた。

どう切り出していいやら、航太は上目遣いで恭也をチラチラ見つつ口を開いた。

「もう会ってもらえないかもしれないって思ってたんです」

「は？」

心底解《げ》せないという顔の恭也に、航太の方が解せない気分だ。

「仕事だし、俺が何か言う筋合いじゃないって分かってますけど、クリスマスに別の人の『彼氏』なんだって思うと――。俺のことどう思ってるかも分からないままだし……なのに、この間、俺、あんなことして……その後、ずっと会えなくて連絡もなかったから……」

あの日帰り際に抱きついてキスしようとしたのを思い出すと、叫びたくなるほど恥ずかしいし、こんなことを語るのも女々しくて嫌だ。女々しいって単語がもう差別っぽくて好きじゃない。今自分がジメジメ文句を言ってるこの状態も、物凄く嫌だった。

俯いたまま縮こまっていると、何も言わず距離を詰めてきた恭也の両腕にしっかりと抱き締められ、胸元に引き寄せられた。

「恭也さん……」

航太も恐る恐る、下から彼の肩に手をかけるように腕をまわした。さっき抱き締めたいと思って、できなかった分も力を籠《こ》める。

「二回、お前にレンタルされただろ？」

しばらくじっと抱き合っていて、どれくらい経った頃だろう、恭也がそう切り出した。

「はい」

「これまでの三回はそのレンタル分プラス、バーの分だ」

「え？」

腕の中で顔を上げると、すぐ間近に恭也の顔がある。鼻が触れそうな距離のあまりの近さに、眩《まぶ》し過ぎてどぎまぎしていると、恭也がフイッと顔を背けた。

「その三回、お前が呼んだ相手は俺じゃない俺だ。それに情けないだろ。七つも年下に金払わせたままなんかごめんだ」

苦虫を嚙み潰《つぶ》したような顔でも恭也は綺麗だ。彼の言わんとしていることは分かった。が、航太にはまだ引っ掛かることがあった。

「俺、まだ二十一ですよ？」

七歳差だと計算が合わない。恭也は「そうだった」と溜息交じりに囁《ささや》いた。

「悪い、俺、本当は二十八だ」

「へ？」

「三十って言っとけば、結構、年離れてる気になるだろ？」

「はぁ⁉」

意味が分からず、航太は眉を顰《ひそ》める。

「嘘をついたわけじゃない。そういう設定だ。恋愛対象にされないための予防策だ」

「なんですか、それっ」

航太は恭也の胸を軽く叩いた。でもまだお互いの身体に腕をまわしたままでいる。

「会う前は三十って結構上だと思ってましたけど、いくつでも関係ないです」

「そうか。ああ、それから、これは――」

恭也はケーキやペンを置いているテーブルに顔を向ける。

「遅いクリスマス」

「えっ」

恭也の手に頭を引き寄せられ、再び彼の胸に納まった。顔が見えない。多分、わざとそうしてるのだろう。

「俺と会いたかったんだろ」

「は、はい……」

「ごめんな。ついでに言うと、クリスマスは『彼氏』の仕事じゃない。あちこち人手が足りなくなる時期だろ。クリスマスはケーキの販売を手伝ってた」

「そうだったんですか……なんで教えてくれなかったんですか」

仕事だから仕方ないのは分かっているが、『彼氏』じゃなかったことに、航太は心底ほっとして恭也の腕の中で力を抜いた。

「いや、思い出せよ。お前が逃げ帰ったからだろうが」

「あ、そっか……うわ……」

とことん自分が恥ずかしい。恭也の胸から離れ、両手で顔を覆った。またキスの失敗が脳裏によみがえる。弄られたらとドキドキしたが、彼は口が悪くても本当に嫌がるようなことをする人ではない。

「今日みたいな話は、文字や電話でするもんじゃねぇだろ」

恭也は喋りながら航太の両手を顔から引き離そうとする。ちょっと抵抗してみるが、見た目の繊細さと違って力が強くて全く敵《かな》わない。

混乱の中、握られた手をソファに降ろされ、恭也の顔が近付いてくる。航太が息を飲むと、彼の唇が航太の唇にそっと重ねられた。一度で終わらず、触れるだけのキスを何度か繰り返した後、繋《つな》いだままの両手に力を籠めて恭也が囁く。

「お前の気は変わらないか？」

「えっ……」

唇の感触と握られた手の温かさに夢見心地だった航太は、目を見開く。

「だから、俺と付き合う気はあるのかって聞いてんだ」

「ほ、本当に？　つ、付き合ってるってことでいいんですか？」

どうしても確かな言葉が欲しくて、航太は念押しした。

「ああ。聞こえてんなら繰り返すな」

両手を上げて歓喜の声を上げたいところだったが、代わりに恭也の胸に額を押し付けた。

「すごく嬉しいです……！」

「っ……そうか、分かった」

航太の髪を撫《な》でながら、恭也はそう呟いた。『彼氏』経験は豊富なはずなのに、素の彼は航太と同じように照れたりぎこちないときがある。どんな顔をしているのか見たくて顔を上げると、再びキスされた。さっきは触れるだけだった唇が、航太の唇を食《は》み、そこから恭也が舌を滑り込ませてくる。航太が驚いて身を震わせると、そっと舌を絡め取られた。初めてのことに最初はパニックになりそうだったが、舌が触れ合うのも口の中を舐《な》められるのも気持ちがいい。背中にまわっていた彼の手が腰の辺りを撫でてくる。

「ん……」

撫でられると身体に甘い痺《しび》れが走り、脚の間に熱が集まってくる。それを誤魔化すようにもじもじしていると、恭也は唇を離し少し距離を取った。

「これ以上はまずいだろ」

「まずい？」

気付かれたのだろうか。戸惑いといろんな感情総動員で、航太の心臓はバクバクして今にも口から飛び出そうだ。

「とりあえず、ケーキ食うか」

そんな航太の心の内を知ってか知らずか、恭也は片手で航太の腰を抱いたまま指先でケーキのクリームを掬《すく》うと、それを航太の口元に持ってきた。

恭也の指に齧《かじ》り付いて、あっさりした生クリームに頬を緩ませると、彼はくっと笑った。

「色気のない奴《やつ》だな」

「食事に色気がいるんですか？」

首を傾《かし》げると、恭也は苺《いちご》を手にし、唇を突いてくる。甘い汁が唇を濡《ぬ》らす。

航太が舌先で唇を拭うと、そっと口づけするように、苺がまた唇をなぞる。その後、やっと齧り付くことを許された。

その間もずっと彼の体温を感じたままだ。

「美味しい……」

まるで苺の香りに妖しい作用でもあるかのように、ムラムラするのはなんでだろう。何もしてないのに、呼吸が弾みそうだ。

恭也が航太の顔を両手で挟み込み、ぶつかるように口づけてくる。航太もすぐに夢中になった。

体重をかけてこられるままソファに身体を沈め、彼に組み敷かれると、これが求めていたものだと分かり、与えられる悦《よろこ》びに身体が震えた。ふわりと苺の香りがするキスに、食事と色気の関係を垣間見《かいまみ》た気がする。

恭也の手が、セーターの中に忍び込みジーンズに手をかけてくる。下肢にジンと熱が集まり、一気に体温が上がる。でも彼の手は下の方へ行かず、インナーを引き出すと腹部から胸元を優しく撫で上げてきた。

「あっ……」

特に意識したこともない胸の飾りに、恭也が軽く爪を立ててくる。身体が跳ねると、恭也が宥《なだ》めるように頬や額、鼻筋、あちこちにキスを落としてくる。

「恭也さん……」

唇にキスが欲しくて、顔を上げて強請《ねだ》る。与えられたキスはすぐに深いものになり、どんどん熱を溜めていく下肢を持て余した航太は落ち着きなく身を捩《よじ》った。当たったら知られてしまう。その動きが、硬くなったそこに余計刺激を与える羽目になり、息が乱れていく。

「悪い」

「な、なんで？」

急に離れようとする恭也の二の腕を摑んで引き留める。簡単に興奮し過ぎて、引かれたのだろうかと不安になる。

「違う」

まるで航太の心を読んだかのように、恭也が否定の言葉を口にする。

「お前、いいのか、すぐにこんなことになって。途中で止められるか自信ないぞ」

「っ……」

冷静に考えれば、キスからいきなり次へ進むなんて早過ぎだろうか。でもこの熱は、じゃあ、いつまで待てばいいのだろう。次に会うとき、その次、そのまた次……。それは辛い。

覆い被《かぶ》さった状態のまま航太を見詰めていた恭也が頬に口づけてくる。航太は、それで終わりだとばかりに離れていこうとする恭也の首に両手をまわし、自分の方へ引き寄せる。

自然とまた唇が重なり、すぐに濃厚なキスになる。

——やっぱり離れたくない。

じっとしていられず、身体が勝手に恭也に近付こうと動いてしまう。

「だから、止められなくなるぞって言ってんだろ……」

身体の向きを変えようとして浮き上がった尻を、恭也が捏《こ》ねるように愛撫《あいぶ》してくる。

「んっ……」

身体が震え、胸が大きく弾む。もっともっとと、縋《すが》るように恭也の身体を抱き締めた。ぶつかるようにキスを貪《むさぼ》る。夢中でキスしていると、恭也の手が今度こそジーンズの中に入り込み、

誰にも触られたことのない茂みを撫でてきた。

「恭也さっ……」

触って欲しい。強烈な欲望だった。我慢できず、恭也の手に恥ずかしげもなく身体を押し付けていた。

「ん……」

恭也はもう何も聞いてこず、宥めるように航太の髪や首筋を撫でながらキスを続け、ジーンズのボタンを外し、身体をずらすと航太の内腿《うちもも》に手をかける。

「き、恭也さんっ……」

「嫌か？」

「ちが、でも、み、見ないで」

伸び上がってキスしてきた恭也の首に腕をまわして引き留めた。彼は溶けそうな口づけをしながら、ジーンズの前を寛《くつろ》げて、航太の性器を手で包んできた。

「ああっ……」

身体が快感に震え、喘《あえ》ぎにキスを続けられなくなり恭也の肩に額を押し付けた。

「感じるか？」

恭也の手の中でそそり勃《た》った航太自身が、擦られるのに合わせくちゃくちゃと水音を立てる。

「やっ……」

それが恥ずかしくて、航太は恭也の肩口に額を擦り付けた。

「止《や》めて欲しいか？」

耳に唇をくっつけて恭也が聞いてくる。航太はふるふると頭を振る。

「い、いやだ……」

こんな状態で放り出されたら、どうしたらいいのだろう。恭也の回した腕に力を籠めると、一番感じる敏感な部分をそろりと指で撫でられた。ゾクゾクと快感が走り、腰を浮かして彼の手に先走りで濡れたものを押し付けてしまう。

恭也の身体が離れていき、「えっ」と思ったのも束《つか》の間《ま》、中心部にさっきまでとは全然違う刺激が走る。

「なっ……あっ……」

いくらなんでも、それは予想していなかった。慌てて上体を起こすと、航太の脚の間に身を沈めた恭也の口に、航太のそれが包み込まれているのを見てしまった。

一気に息が上がる。温かくて柔らかい口と舌での愛撫は、何にも譬《たと》えられないような快感だった。初めて感じる強烈な刺激にもういくらも我慢できそうにない。

「やっだっ……出、出るっ……んっ……」

恭也の肩を指の関節が白くなるほど摑み、ふわふわの髪に頰を押し付けるように丸めた身体を痙攣《けいれん》させた。

「あっあっ……」

だめだと思ったときにはもう遅く、思いっきり彼の口の中に精を放ってしまった。離してもらうように言う余裕もなく、射精が終わると、崩れるように恭也の上に脱力してしまった。

「おい、大丈夫か？」

生々しく口元を拭いながら、身を起こした恭也と目を合わせることができず、彼の胸に顔を埋めた。

「も……もしかして、飲んだんですか？」

混乱する航太の肩を、恭也は静かに撫でる。

「嫌か？」

航太は彼にしがみ付いたまま、思い切りかぶりを振った。

「き、気持ちよ過ぎて……」

「それはよかったな」

恭也はクスクス笑う。

「笑わないでください」

「悪意はない。可愛《かわい》いっつってんだよ」

恭也が曲がりなりにも可愛いと言ってくれたのは久しぶりで、まだ息が上がったまま、でもじっとしていられず、彼の身体にまわした腕に力を籠める。

「恭也さんは……し、したくないんですか？」

自分だけあられもない格好で息を乱しているが、されるがままで何もしていない。

「本気で言ってんのか？」

恭也は航太の手を取ると、その手を自身の中心部へと導いた。

「っ……」

思わず息を飲んで視線を落とした航太は、ゴクリと唾を飲んだ。恥ずかしいので直視したり触れ合わないようにしていたが、よく気が付かずにいたものだと驚いた。

手に納まるのだろうかというサイズのそれをそろりと服の上から握り込み、そのまま手を動かしてみた。布越しでも熱いそれは、航太の手の下でさらに硬度を増す。

服が邪魔だと彼のベルトに手をかけると、手首を摑まれた。

「ベッドに行くか」

言いながら、恭也は航太の身体の下に手を差し入れた。

「はい」

もちろん、航太も異存はない。

小柄とはいえない航太の身体を簡単に掬い上げた恭也は、そのまま寝室まで航太を抱いて行き、きちんと整えられていた上掛けを蹴《け》り落とし、ベッドの上に航太の身体を横たえた。

のしかかってくる恭也を受け止め、またキスに興じる。よく今までこんなに気持ちのいいことをせずにいれたものだと、航太はいっそ驚いた。

「なんで俺だけ……」

しっかり服を着たままの恭也のセーターを引っ張って、航太は不満の声を漏らした。航太の方はいつの間にやら裸にされているのに。

「ああ」

起き上がった恭也が服を脱いでいく様子を、文句を言われないのをいいことに、じっくり眺めた。

さっきジーンズ越しに見た、恭也のアレに注目していると、イったばかりのものが熱を持ち始めた。さすがに恥ずかしくなり、手で押さえ込みながら目を逸《そ》らした。

「おい、自分でするなよ」

「そ、そんなことしな――」

一糸纏《まと》わぬ姿になった恭也に、あらぬ誤解で手を摑まれる。

「ちが、隠そうと……」

再び勃ち上がってしまったそれを、覗き込むようにして見られ、意図せず涙目になる。

「なんで隠すんだよ」

身体を重ねて航太の頬に手を当ててきた恭也は、潤んだ目に気付きクスクス笑う。

「悪い。でも苛《いじ》められたくないなら、そんな顔するな」

「わざとじゃないしっ……」

額に目元、鼻先、頬、恭也は順番に唇を落としていきながら、身体をゆっくりと動かす。硬いもの同士が擦れ合い、とろりと先走りを漏らす。

「んっ……気持ちいい……」

「ああ」

吐息交じりに囁く恭也が、耳に軽く歯を立ててくる。航太は快感に身を震わせて恭也の腰に脚を絡めてさらに近付こうと身体を押し付ける。

「ほん、とに……？」

素肌の触れ合いを堪能《たんのう》しても、まだ足りないなんて貪欲《どんよく》過ぎると思う。でももっと彼に近付きたい。

「もっと欲しい……」

実は家に行っていいと言われてから、それまで敢えて目を背けていたセックスのことを色々調べた。男同士でも繋がれることを一応は知っていたが、かなり具体的な知識を手に入れた。

「それは俺が想像してることと同じか？」

そこまでする気はなかったのだろう。困惑気味の表情で、恭也が聞いてくる。

「嫌じゃなかったら……俺は恭也さんが好きだから……」

がつがつし過ぎだとげんなりされるだろうか。いやらしい奴だと思われるだろうか。それよりも、彼がそういうのは好まないという可能性もある。

恭也は航太の唇に軽いキスを二、三度落とすと、サイドテーブルの引き出しに手を伸ばした。

「嫌になったりきつかったら、いつでも言うんだぞ」

「わ、分かりました」

未開封らしいボトルについていたビニールを剝《は》がすと、恭也はとろりとした液体を手に垂らした。そして手の温度に馴染《なじ》ませると、航太の尻の割れ目に塗り込んできた。

「んっ、あ……」

そこからがじれったいほど丁寧だった。蕾《つぼみ》の周辺を撫でながら、恭也は航太の身体中にキスする気じゃないかというほどあちこちに口づけていく。時々、強く吸われたり軽く歯を立てられたりする度、航太は身を捩った。

「俺は、何したらいいですか？」

自分ばかりされているのも落ち着かず尋ねると、恭也は自分の首に腕をまわすように言った。

「しっかりしがみついてろ」

「あっ……」

一本目は大量のローションのお陰もあって、なんの問題もなかった。本当に、意外なほどするりと窄《すぼ》まりに恭也の指が入ってきた。

「痛くないか？」

航太が首を振ると、彼は内壁を押し広げるようにして、徐々に指を大きく動かしていく。そのうち、挿入される指が増えていき、圧迫感を感じるようになった。

それからどれくらい時間をかけただろう。冬なのに二人共全身汗だくになっていた。

「恭也さん……まだだめ?」

「ああ、俺もそろそろ限界だと思ってた」

ベッドの上に放り出されていたコンドームを恭也は自分の猛《たけ》った雄に被せ、航太を抱き締める。

「緊張しなくていい」

思わず身体が強張ると、唇を塞《ふさ》がれた。そのまま激しくキスを交わす。拙《つたな》いながらも自分からも舌を絡め貪り合う。ゆっくりと恭也が体重をかけてきて航太の中に入ってくる。興奮と少しの怖さで、息も絶え絶えになり、キスを続けられなくなって首を左右に振った。

「ふっんん……」

激痛ではないが、身体が破れそうだ。なんとも言い難い感覚に顔を顰《しか》めると、恭也が手の甲で頬を撫でる。

「苦しいか?」

「だ、大丈夫……あっ……」

グッと恭也に身体を押し開かれ、既に身体の奥まで貫かれていたような気分になっていたが、そのときに、一番張り出した部分をやっと飲み込んだばかりなのだと気が付いた。

「ああっ……」

大きく開いたままの脚がわなわなと震えた。今度こそ、身体が二つに裂けたかと思った。

「大丈夫か？」

「へ、平気……」

怖くなったのは一瞬だった。

「あとはもう少し楽なはずだ」

「ん……」

好きな相手が身体の中にいるのを感じる。その事実に航太の心は震えた。

またキスを交わしながら、恭也は少しずつ少しずつ抽挿を深め、航太の衝撃に萎《な》えかけていたペニスに労《いたわ》るように優しい愛撫を与え始めた。

「んっ……」

最初は違和感だけだった抽挿もスムーズになってくると、別の感覚が混じってきた。擦られているところがむず痒《がゆ》いような、不思議な感じがする。

「すごくいい」

少しずつ速くなっていく抽挿の合間に、恭也が呟く。彼の息も今は航太と同じように弾んでいる。ずっと航太を蕩《とろ》けさせることに終始していた彼の額には、汗が滲んでいる。

好きだという気持ちが高まり、愛撫を受けていた航太の昂《たか》ぶりが自分でも分かるほどしずくを溢れさせた。

「恭也さん、気持ち、よくなれそう……？」

「ああ……」

恭也が一層激しく腰を打ちつけてくる。求められる喜びに、航太も一気に欲望の階段を駆け上る。

「ふっあ、ああっ！」

いくらも我慢できず、擦り上げてくる恭也の手の中で二度目の絶頂を迎えた。ほとんど同時に最奥まで航太を穿《うが》ち揺さぶっていた恭也の動きが止まり、どさりと崩れ落ちてきた。

乱れた呼吸に上下する互いの胸の動きに押しつぶされそうになりながら、それでも離れられずにしばらくそのまま抱き合っていた。

「お前って……」

恭也がぽつりと呟いて笑う。

「な、何か変ですか？」

不安になり恭也の顔を見ようとすると、ぎゅっと抱き締められた。

「そうじゃねぇよ。なんでこんなことになってんだって考えてたら、笑えてきた」

「悪いことみたいじゃないですか」

航太は抱き返した背中を軽く叩いた。

「悪いことじゃねぇよ。でも、金を払うだの、なんで、どうしてってチクチク痛いところばっか突きやがって、挙句、『恭也さんのことは誰が助けるの？』、だろ？　こんなクソガキに言われるとはな」

「必死だったんです。今言わなくても……」

航太は唇を尖らせた。あれこれ思い返すと恥ずかしい。

「勝手に色々喋って勝手に泣くしな」

「だ、だってっ……それより、さっきから重いですっ」

でも恭也は航太の上から降りようとしないし、体重を全部かけないようにしてくれているのも分かっている。照れ隠しだ。

「なんでこんなガキを……。まぁ、お前みたいに隠し事ができない奴なら、信じてもいいかって気になったんだよな。好きだよ」

「え？」

航太は、眇《すが》めていた目をカッと見開く。

「今なんて？　なんて言いました？」

好きだと言ってくれた。初めての経験で舞い上がり過ぎておかしくなっていないとしたら、恭也が自分を好きだと言ってくれた。自分は何度も言ってきたが、恭也は一度も言ってくれたことがなかった。

「喜んでんじゃねぇぞ。お前は隠し事もできねぇし、嘘もつけないって言ってんだ。思ってることが全部、顔に出てんだよ」

航太は恭也の下から抜け出すと、フイッと横を向いてしまった恭也の肩口によじ登る。

「そっちじゃなくて、今、言いましたよね？　好きって」

顔を覗き込もうとすると、振り返った恭也に乱暴に抱き締められた。また形勢逆転だ。

「黙れ。今はオフだ。でれでれの『彼氏』なんか演じねぇぞ」

「んんんーっ」

「このクソガキ」

恭也は嫌がらせのように、ギュウギュウきつく抱き締めてくる。航太はそんな彼を叩き返す。いつの間にか二人して何がおかしいのか笑っていた。

理想の『彼氏』なんか最初から求めてなかった。照れ屋でツンツンしていても、口が悪くても、航太だけに見せる顔は、誰よりも甘く優しい。

そんな彼氏がいてくれるのだから、航太にとってこれ以上幸せなことはない。

営業時間外の甘い彼

1

バレンタインは昨日だった。

「こんな時間になって、本当に悪かったな」

若菜航太《わかなこうた》が付き合い始めたばかりの彼氏、九賀恭也《くがきょうや》の家のソファに落ち着くと、航太の両手を握った恭也は改めてそう切り出した。

「俺は大丈夫ですよ。お仕事お疲れ様です」

航太は、恭也の両手をぎゅっと握り返す。

——ああ、なんで調子のいいこと、言っちゃうんだろ。

今日は、航太の公務員試験対策講座が終わったら会おうと言われていた。恭也の仕事の都合で一日遅れだが、バレンタインデートだ。昨日からずっとワクワクしていた。

大学で行われている講座が済んだのは三時過ぎ、恭也からの連絡はまだ来ていなかった。どのみち、一旦家に帰るつもりだったので、大学から一駅の場所にあるアパートに帰った。

が、夜になっても連絡が来ないのだ。

ヤキモキしながらスマホを睨《にら》み続け、やっと届いたメッセージを見た航太は、今日はもう会えないかもと、さらに落ち込んだ。

『悪い、仕事が長引いてるから、メシは食っておいてくれ』

夕食は恭也の家で一緒に食べる約束だったのに。

結局、仕事が終わったと連絡があったのは八時過ぎだ。散々待たされて疲れてしまった。少しくらいこのモヤモヤを伝えたいと思って、今に至るのだが――。

「また今度、美味《うま》いもん食わせてやっからな」

「はいっ」

なんで自分は、こんなに勢いよく頷《うなず》いているんだ。

もちろん、恭也が気を遣ってくれるのは分かるし嬉《うれ》しい。嘘《うそ》じゃない。

恭也の腕が身体《からだ》にまわり、ぎゅっと抱き締めてくれる。航太は、彼のふかふかのセーターに顔を埋《うず》めた。

大好きな人の体温を感じていると、仕事で忙しいのに、わがままを言うのは間違っているのではないかという気がしてくる。

忙しいといえば――。

昨日のバレンタインも、恭也は便利屋の『彼氏』として、航太の知らない誰かをこんなふうに抱き締めていたのかもしれない。

「恭也さん、好きです」

嫌な考えを振り払おうと、航太は恭也の身体にまわした腕にギュウギュウと力を籠《こ》める。

「おい、絞め殺す気か」

恭也は揶揄《からか》うように笑うと、航太の背中をトントンと叩《たた》いて腕を引き剝《は》がす。好きだと言ってくれないのはいつものことだ。

恭也はどこか満足そうな顔でソファから腰を上げ、台所へ向かった。

「食事は間に合わなかったけど、ケーキを買ってきた」

そう言って恭也がソファテーブルに置いたのは、ケーキの箱だけじゃなかった。

「こっちは？」

航太はドキドキしながら、真ん中にブランドの名前が入った大きめの紙袋と恭也を見比べる。

「やる。開けてみろ」

得意そうな顔で恭也はゆっくりと頷く。

「プレゼント⁉　何だろうっ」

ブランドの名前からして既に高そうなのが気になるが、恭也がバレンタインに贈り物をしてくれることが嬉しい。リボンのかかったしっかりした箱を開けると、入っていたのは、ワインカラーとグレーの裏表色違いのマフラーだった。

「うわぁ、ふかふか」

「お前、いつも紺のアウター着てるだろ。合うと思う」

「覚えてくれてるんですね……」

自分を見てくれているのがすごく嬉しい。でも、ちょっと恥ずかしい。見る度に着ている物が違う恭也みたいに、オシャレじゃない。真冬はチェスターコートとダウンジャケットの二着を着まわしているのだが、たまたま気に入って買ったのが両方、紺色だったのだ。

恭也は距離を詰めてきて、マフラーを手に取ると航太の首に巻き付けた。

「似合う」

そう言って、がしがしと航太の頭を撫《な》でてくる。

「あ、ありがとうございます」

頭に置かれた手で、恭也の顔をちゃんと見れない。でも、真っ赤な自分の顔も隠れているから、まぁいい。

「あ、あの、俺からもっ」

思いっきり照れながら、航太も持って来た紙袋を手渡した。

前にもらったペンもそうだが、恭也は、航太が自分で買うならお金をかけないような日用品で、物凄《ものすご》く質のいい物をくれる。センスがいいなと思って、航太も真似《まね》してみた。

「スマホカバーか、サンキュー」

恭也はいつも剝《む》き出しのままだったスマホをズボンのジーンズのポケットから出して、早速着けてくれた。

「ずっと買わないといけないと思って、そのままだった」

いいなと、恭也がにっこりしてくれる。

「本当？　ありがとうございます！」

着けたくない派なのかもしれないと思って、手帳タイプは止《や》めて、なるべくシンプルで質のいいもの、でも皮だったら手入れが大変だから、濡《ぬ》れたり拭《ふ》いたりしても大丈夫な素材がいいだろうと色々考えて選んだ。

「お前が礼を言ってどうすんだ」

「だって、すごく悩んだんです。恭也さん、いるものは何でも買ってそうだから」

そう、恭也はいらないものは持たない。

『仕事以外で連絡する相手がいなかったし、スマホは二台も必要ない』

恋人同士になったとき、会社じゃなくて個人の連絡先を教えて欲しいと言ったら、返ってきたのがこの返事だった。

驚いたが、それよりも胸が痛くなった。

恭也の両親はもういない。世話になっていたという伯母との関係は良好だったらしいが、こんな発言の上、年末年始にも恭也は伯母に会いに行っていない。彼の口ぶりからすると、多分、伯母ももう亡くなっているのだと思う。

航太にできるのは、恭也と同じように、特に用事がなければ連絡せず、仕事に邪魔にならないようにすることだ。

「何でもか……」

納得がいかない様子で、恭也は呟《つぶや》く。

「……？」

航太が首を傾《かし》げると、顔を近付けてきた恭也に唇を奪われた。腰を抱き寄せられ、頬を撫でながら繰り返しキスしてくれる。すぐに口づけは深くなり、恭也が体重をかけてくるのに合わせ、背中がソファに沈み込んだ。

「ケーキは？」

「あとだ」

被《かぶ》せるように耳元で囁《ささや》いてきた恭也は、航太の耳朶《みみたぶ》を甘噛《あまが》みしてきた。

「んっ……」

恭也の体温で包まれるのは、すごく気持ちいいし好きだ。

クリスマスの、いや実際は年明けだったが、まさに同じシチュエーションでケーキを置いたままベッドへ行った。その次会ったときも、その次の次は——途中で恭也が仕事に行ったから違うけれど、前回会ったときも、夕食を食べに来たのに寝室に直行した。

「ベッドに行かないか？」

恭也はキスの合間に唇をつけたまま膝を割って、航太の脚を開かせると股間を押し付けてくる。硬く熱いものが、兆し始めてしまった自分のものをゴリゴリと刺激する。

「ん……行く」

遊びに行ったりデートらしいことは全然していない。でも、こうやって求められるのは嬉しいし、あんまり会えないから航太だってもちろん、したい。

ケーキも何もかも放置したまま、ベッドへ雪崩《なだ》れ込むと、恭也はすぐに航太の服を脱がしてじれったいほどゆっくり、剝き出しの肌を捏《こ》ねるように愛撫《あいぶ》してきた。

「んっ……」

思わず身をくねらせた航太は、もう既に痛いほど張り詰めたものを、太腿《ふともも》に下りてきた恭也の手に押し付けた。さっきから焦《じ》らされて触ってもらえず蜜《みつ》を垂らしているものに、ついに恭也が手を絡めてきた。

「ああっ……」

久しぶりの刺激は、気が遠くなるほど気持ちがいい。航太は潤む目で恭也を見上げた。じっと見詰められるのが苦手らしい恭也は、優しく濃厚な口づけをくれる。そうされると航太はうっとりして目を閉じてしまう。

航太は締まった恭也の腹部に手を滑らせて、同じように張り詰めた屹立《きつりつ》を握り込む。キスを続けながら彼の手の動きを真似て愛撫する。

舌を絡めるキスをしながら互いに高め合っていると、経験が少ない航太はすぐに我慢できなくなる。

「恭也さん……」

焦れて強請《ねだ》るように彼の名を呼んだ。

「気持ちいいか?」

セックスのときは一段と甘くなる声で、恭也が囁く。

「うん、いいっ……」

早く挿《い》れて欲しい。じゃないと、すぐにでもイってしまいそうだ。

が、そのとき、リビングの方から不穏な電子音が聞こえた。

――いや、気のせいだろう。

恭也もそう思っているのだろう、航太の唇を貪《むさぼ》りながら胴を撫で、身体をずらしていく。

この時間をこの二週間、どれだけ待ち望んでいたか。

そう、彼と会うのは、なんと二週間ぶりなのだ。よく我慢していたと褒《ほ》めて欲しい。

早く恭也と繋《つな》がりたい。息苦しくなるほど、彼が欲しい。

どうして寝室のドアを閉めておかなかったんだろう。

だが、もう遅かった。一向に鳴りやまない音に、恭也は痺《しび》れを切らして身を起こす。

「チッ」

恭也は舌打ちして、航太にキスを一つ落として散らばった服を手に部屋を出て行ってしまった。

「……嘘だ」

服を着た方がいいかどうか、散々迷って結局、気が進まないままのろのろと脱がされたばかりのセーターやズボンを身に着けていく。もし恭也にすぐに出掛けないといけないと言われたとき裸のままだったら、余計に情けなくなるからだ。

――この状態でまたお預けか……。

航太だって人の役に立つ仕事に就きたいと思って公務員を目指している。恭也が困っている人を助けたいという思いは人一倍、いや、もっと強いことも知っているし、彼のそんなところが好きだ。だから邪魔はしたくない。だけど、モヤモヤする。

「悪い、仕事が入った」

しばらくしてドアが開くと、既にしっかり服を着直した恭也にそう告げられた。

「あ、はい、すぐ帰れます」

物凄く落胆していた。不満だと言いたい。でも、実際はこれだ。「仕事優先なのは分かっています」という態で航太は頷いていた。ガキだと思われたくない。

「本当に悪い。駅まで送る。また近々埋め合わせする」

ベッドに腰掛けた恭也がそう言いながら航太の身体を引き寄せ、きつく抱き締めてくれる。

「うん……」

航太は恭也の胸元に顔を埋めながら、唇を噛み締めた。

急に仕事が入ったり、なかなか会えなくても、航太が恭也と出会えたのは、彼が便利屋の仕事をしていたからだ。そんな自分が彼の仕事に否定的なことを言えるわけがない。

でも、いつまた恭也が誰かの『彼氏』になるかと思うと苦しくて仕方ない。

航太の世界は大学、バイト、サークルだけだが、恭也は色々な人と出会う機会があるのだ。

自分よりもっと魅力的な人なんか、掃いて捨てるほどいるに違いない。

——仕事の内容なんて聞けないし。

仕事だけに生き、誰とも付き合う気はないと言っていた人だ。航太が仕事に関して詮索したり余計なことを言ったら、絶対に嫌われる。

でも、だとしたら、ずっとこんなふうに我慢するしかないのだろうか。


「お前の彼女、何の仕事してるんだっけ?」

居酒屋のテーブルを挟んで向かいに座っている塾の講師仲間、尾長瑛司《おながえいじ》が唐突に聞いてきた。

「んんっ」

ドキリとした航太は、唐揚を喉に詰めそうになり、本日三杯目のレモンチューハイに手を伸ばす。普段あまり飲まないが、瑛司に合わせて今日は酒量が多い。

瑛司とは時間や懐具合の都合が合えば、たまにこうして塾の近くの店で一緒に夕食を食べる。もうほとんど皿は空になっていて、瑛司はだいぶ酒がまわっている。

「人材派遣関係だけど、詳しくは知らない」

未《いま》だ瑛司の誤解を解いて『彼氏』だと言えていないので、恭也のことはあまり話したくない。便利屋だと言うと色々聞かれるかもしれないのでそんなふうに答えた。でも嘘というわけでもない。

実際、恭也の仕事は「町の何でも屋さん」より幅広く、様々な能力や資格を持った人が、単発の仕事や副業として仕事を請け負えるようにするビジネスも展開している。

「へぇ、そういや忙しい人だって言ってたよな」

「うん、休みも不定期だし」

今週の初めなんか、アレの最中に寸止めで仕事に行かれた。

しかも、一日遅れのバレンタインデート中に。

隠し事をしなくていいなら、欲求不満に任せて愚痴《ぐち》っていたかもしれない。

「そんな人と、どこで知り合うんだ？」

「カ、カフェでたまたま」

「ナンパ？」

「そういうわけじゃ……まぁ、色々あって」

航太は落ち着かなくて、乾燥してきたおしぼりを畳み直す。これまでも女の子に興味を持てなかったから、恋愛話は得意じゃなかった。特定の相手ができた今、もし女の子を好きになったらという仮定で話すこともできなくなり、嘘をついている罪悪感が酷《ひど》くなった。

「教えろよ。気になるだろっ」

瑛司だけじゃない、他の友達とも付き合い方は別に変わっていない。けれど、自分がゲイだと確信してから、見えない溝ができたみたいだ。

十分幸せなのに、ふとした瞬間、孤立しているような不安に襲われる。こんな気分のときは、一段と恭也に会いたくなる。

「ごめん、ちょっと飲み過ぎたかも。そろそろ――」

本当は三杯くらいで酔わない。でも変なことを口走らないうちに、帰ると言おうとしたそのとき、テーブルの上に伏せていたスマホが鳴った。

「っ……!?」

恭也からだった。それも通話の方だ。

「ごめん！」

ちょうど彼のことを考えていたときに話せるなんて。航太は急いで通話ボタンを押した。

「もしもしっ」

『おう──あ？　外か？　うるせぇな。今夜予定あったのか？』

相変わらずの口の悪さだが、恭也の低い声を聞いていると不安が和らいでいく。

「友達とご飯食べてました」

電話の向こうの恭也の背後は、妙に静かだった。

無音だ。珍しい。

大抵ザワザワしているし、音が途切れたりすることもある。

『そうかよ、じゃ、お前この後──』

「おい、若菜《わかな》っ！　俺といるのに電話出ちゃうのかよー」

相手が航太の想《おも》い人だと勘付いたのか、瑛司が向かいの席からふざけて腕を揺すってくる。

「ちょ、待ってください──おい、止めろって、腕を摑《つか》むなよ。離せってっ。──すみません、話の途中で。今、もしかして家ですか？」

仕事が終わったから会えないかという誘いかも、と期待に胸が膨《ふく》らむ。

だが、返ってきたのは、恭也の地を這《は》うような声だった。

『仕事にきまってんだろうがっ。お前も忙しいみたいだし、もう切るぞ』

「えっ」

言葉の通り、容赦なく通話が途切れた。

「ええ……なんで？」

返事も待たずに切るなんて。

「彼女？　何、どうした？」

へらへら笑っていた瑛司も、航太が面食らっているのを見て目を丸くした。

「分からない」

せっかく声が聞けたと思ったのに、ただただ悲しい。一瞬でも会えるかと期待した自分が馬鹿みたいだ。

どうして急に機嫌が悪くなったのだろう。家に居るかどうか聞いたから、詮索したと思われたのだろうか。

結局、何の用事だったかも聞けず仕舞いだった。


昨夜、瑛司と別れてすぐ、航太は恭也に電話をしてみたが繋がらなかった。代わりに朝起きたらメッセージが入っていた。

『昨日は悪かった。また電話する』

恭也が会う約束以外で連絡をくれるのは珍しい。違うシチュエーションなら嬉しかったが、怒らせたかもしれないとヤキモキしていた身としては、ホッとしたという気持ちの方が大きかった。

『分かりました。待ってます』

色々言いたいことはあったが、それが精いっぱいの意思表示だった。

どう返事をするべきか散々悩んでしまったせいで、同じゼミの内田絵里奈《うちだえりな》との待ち合わせに遅れそうになり、慌てて食事と身繕いをして電車に飛び乗る羽目になった。

今日は絵里奈と、昭和レトロな商店街のイベントに行く約束をしている。昭和の雰囲気漂う商店街はアニメの舞台にもなっていて、航太も観《み》ている。キャラクターたちが生活していた街を実際に歩けると思うとワクワクする。

とはいえ、完全に遊びというわけでもない。大型商業施設の進出で寂れていた街を活気づけようという、自治体の企画が成功した一例として注目されているからだ。

公務員試験を受ける際、筆記試験に通ったら、面接対策としてその自治体を知るために街歩きや施設巡りをする。まだ試験が始まっていない段階で気が早いが、絵里奈と話していたら、彼女もそのアニメを観ていたと知ってその話で盛り上がり、勉強にかこつけてスタンプラリーをしながらお昼を食べ歩こうという話になったのだ。

錦糸町《きんしちょう》で電車を降り、改札を出て半蔵門《はんぞうもん》線へ向かおうと歩いていたとき、ちょっとした違和感を覚え、人の流れに逆らって立ち止まった。

「えっ――」

出口付近の柱に凭《もた》れてスマホを弄《いじ》っている人に目が留まった。

距離はあるが、間違いなく恭也だ。

ざっくり巻かれたマフラーにチェスターコート、ころんとした小さいが高そうな鞄《かばん》を肩に引っ掛け、黒のパンツにブーツも黒で、元々長い脚がこれでもかというほど長く見える。何を着ていてもかっこいいが、今日は特にきまっている。

彼の方へ駆け寄ろうとして、やっぱり止めた。

――もしかしたら、『彼氏』？

航太は待ち合わせの人が何人かいる柱を背に、恭也からは見えない位置で彼の様子を窺《うかが》った。

他にもお洒落な格好をする仕事はあるだろう。でも、不安で嫌な想像が一気に膨らんだ。

乗り継ぎの時間もあるのに、気になって動けない。

見ていると、恭也の元に男の人が駆け寄ってきた。

――誰……？

華やかで背が高くて、キラキラしたお兄さんだ。まるで、そう、『彼氏』としてデートしてくれた恭也みたいに甘い笑顔を浮かべている。

「デ、デート？」

恭也の反応を見て、航太はさらにわけが分からなくなった。

にっこりするでもなく、スマホから一旦顔を上げて、待てと手で示して厳しい顔で画面を見ながら、何か喋《しゃべ》っている。

態度が悪い。

いや、あれは恭也の通常運転だ。

ということは、『彼氏』じゃないのだろうか。相手は友達とか社員の人とか、『彼氏』の仕事以外にも色々な可能性がある。そう自分に言い聞かせても、納得できず息が詰まる。

「あっ！」

見知らぬ男性が甘いマスクに極上の笑みを浮かべながら恭也の両肩を掴んだ。彼は自分と身長の変わらない恭也に顔を近付ける。その視線といい距離といい、まるでキスする気じゃないのかと、ヒヤリとした。そんな距離まで近付いてくる男に対し、恭也は身を引くこともしない。

スッとそのまま恭也の耳元に、髪が触れ合うまで顔を近付けた男は、思わせぶりな表情で何かを囁いている。おまけに、そいつの手が、恭也の二の腕をゆっくり撫で上げた。

スマホから顔を上げた恭也は、鼻先が触れそうな位置にいる彼に向かって、まんざらでもなさそうにニヤリと笑った。

航太はその場で膝から崩れ落ちそうになった。

「どういうことだ……」

目の前で起こっていることの意味が分からない。

男が恭也の背中にそっと手を滑らせて身を寄せた。恭也は、彼の手を払い除《の》けることもなく満足そうに微笑《ほほえ》んだ。

そのとき、ちょうど電車から降りてきた人たちに視界を遮られてしまった。人々のざわめきと共に、航太は二人の姿を見失った。

ショックで一ミリも動けない。

「なんで——」

肺が押し潰《つぶ》されてぺたんこになって空気が入らないみたいに苦しい。

奥歯を嚙み締めたまま、その場で固まっていると、ダウンジャケットのポケットに入れていたスマホが震えた。

「うわ、待ち合わせ……」

いつの間にそんなに時間が経《た》ったのか、時間になっても現れない航太を心配した絵里奈からのメッセージだった。

さっきまでと同じ場所にいて、何も変わっていないのに、何もかも分からなくなってしまった。

でも、いつまでもここに突っ立ってはいられない。

航太は謝罪だけ打ち込んで送信ボタンを押すと、絵里奈との待ち合わせ場所に急いだ。

待ち合わせの駅に着き、ベージュのコートを着た絵里奈が手袋をはめた手を擦《こす》り合わせているのを見た航太は罪悪感でいっぱいになった。

いくら駅の構内とはいえ、室内とは違って暖房が利いていないところで立ちっぱなしにさせてしまった。

「ごめんっ」

「どうしたの？」

勢い込んだ謝罪と目を丸くした絵里奈の言葉が重なった。

「錦糸町で乗り換えに遅れちゃって」

「じゃなくて、何かあったの？　この世の終わりみたいな顔してるよ」

「あ、えっと……」

普通にしていたつもりだった航太は、思わず自分の頬に手をやる。もちろん、そんなことをしても何も分からないのだが。

「若菜君、なんでも顔に出てるから」

心配そうな顔で、絵里奈が恭也と同じことを言う。

「ねぇ、寒いし、ちょっとだけお茶してから行こう」

絵里奈が構内にあるカフェを指差し、航太の返事を待たずに歩き出した。そういうふうに言えば航太が断らないと分かっている絵里奈は、本当に優しい。

ちょうどお昼時なので、ドリンクとスイーツしか置いていない店内は混雑していなかった。航太が二人分の飲み物を買ってきて、絵里奈が待っているカウンター席に腰を下ろした。

「彼氏と何かあったの？」

テーブルに置いた苺《いちご》ラテのタンブラーを両手でくるんだ絵里奈がそう切り出した。

「そこまで分かるの？」

手品でも見せられたような気分で、航太も熱いタンブラーに手を添えた。中身は絵里奈と同じだ。考えるのが億劫《おっくう》だったから。

「だって、若菜君、他に悩むことないでしょ」

「そんなことないよ、公務員試験のことも不安だし、俺にも悩みくらい色々あるって」

春から願書を書きまくって、秋頃まで延々続く試験が待っている。航太は民間企業を受けない予定なので、どこかで合格を貰《もら》えないと就職浪人になってしまう。

「模試の成績よかったじゃん。私の方が早くから予備校通ってるのに、若菜君には全然近付けてないよ。っていうのは置いておいて、若菜君の顔に恋愛の悩みですって書いてあるから」

「まさか」

「そのまさかだね」

絵里奈は話を聞いてくれるつもりでカフェに連れてきてくれたようだし、今更、取り繕っても仕方ない。

「実は錦糸町で乗り換えようとしたとき……」

唯一、航太が知っている恭也の友人、昴《すばる》とも連絡先は交換させてもらっているが、話したことは全部、恭也に筒抜けになる。こんな悩みを相談できるとしたら、事情を知っている絵里奈しかいない。

航太は駅で見た一部始終を彼女に話した。

「そうだったんだ。でも、かっこいい人と仲良さそうにしてたって、若菜君の彼氏の場合、浮気より、やっぱりお客さんの可能性の方が高いと思う」

「最初はそう思ったけど、でもなんとなくそれっぽくなかったんだ。態度も素だったし」

「素って？」

「普段はツンツンしてて口も悪いんだけど、『彼氏』のときは甘々で、まるで別人なんだ」

「若菜君の彼氏ってそんな感じなの？」

絵里奈がうわぁっという顔をするので、航太は慌てた。

「嫌な人ってわけじゃなくて、気を許してくれてるからで……そういうのは昔からの友達と俺だけだと思ってた」

「そっか」

「でも、浮気だとは思わないんだ。だから、あれが何だったのか本当に分からなくて。もし浮気だったら、俺、人間不信になりそうだ」

一番怖くて混乱している理由は、それなのかもしれない。

「どういうこと？」

「過去の話も聞いたし、彼の仕事が忙しいのも知ってる。だから浮気なんかするはずないんだ。なのに、もしそうだったら、今まで知っていると思ってた人は誰だったんだろうって。これって信じてないってことだよね。俺、最低だ」

人と親しくしない恭也が、付き合う前に彼の家で話してくれたことやその意味はちゃんと分かっている。だから、航太は一ミリも彼を疑ってはいない。疑っていないなら、こんなに落ち込まなくてもいいはずなのに。

「若菜君……色々な可能性考えちゃうのは普通だよ。最低だなんて思わなくていいってば。結局は信じる気持ちの方が大きいんでしょ？」

「うん、そんなことする人じゃない」

「そういう設定のデート依頼だったのかも」

少し軽くなった空気に合った、あっけらかんとした口調で絵里奈が言う。

「設定？」

「ツンツンしてる人が好みとかさ。もしかしたら、本当にただ友達とふざけてただけかもよ」

確かにないとは言えないが、釈然としない。

航太は、んーと唸《うな》った。

――恭也さんに友達、いるのか？

少し前、昔の恭也のことを聞きたくて、昴とメッセージのやり取りをしていたことがある。

『小学校のとき、家が近所だったんだ。アイツの言いたくないことも知ってたから付き合いやすかったんだろ。中学も同じだったしな。その後は、アイツが偶然、うちのバーに来るまで音沙汰《さた》なしだ。まぁ、でも俺以外に友達って言える奴《やつ》いないいんじゃない？』

まるで奇跡みたいな再会だ。小学生の頃から恭也を知っている人がそう言うのだ。その後も、もっと恭也のことを聞きたいと思ってやり取りを続けていたのだが、ある日、昴からがっかりする返事が来た。

『ごめんね、コウタ君と話したこと言ったらアイツに怒られた。本人に聞いて！』

そのことを恭也に言ったら、不貞腐《ふてくさ》れた顔でじろりと睨まれた。

『誰が親友だ？　勝手に人の過去を他人に聞くな』

そんな感じなので、昴より親しい友達はいそうにない。ましてや、恋人と誤解してしまうような距離感の友達なんか――。

「あっ、今更だけど、内田さんの彼氏は内田さんと俺が会ってても構わないの？」

もし、さっきの人が恭也の友達ならと考えたとき、こうして休日にお互い恋人がいるにもかかわらず二人で出掛けている自分たちはどう思われるのだろうと気になった。

絵里奈は、苺ラテを一口飲んで平然と頷いた。

「異性の友達に会うのはダメって変じゃない？　ほら、若菜君みたいな例もあるし。その点は彼も同じ考えだから、私たちうまくいってるんだ。でも、合コンみたいなのとか相手が好意を持ってるって分かってて るならアウトだよ」

「すごくいい彼氏だね」

そこまでちゃんと話ができているのかと驚いた。羨《うらや》ましいという気持ちもあるが、本当に絵里奈が幸せな関係を築いているのだという嬉しさの方が勝る。

「でしょ」

二人してニコニコ笑い合った。

「ありがとう、内田さん。気が楽になった」

寄り添ってくれる人がいるのは大事だなと思う。

絵里奈は、構わないよと言って笑った後、また少し真剣な顔に戻った。

「ねぇ、そもそもなんだけど『彼氏』の仕事、辞めて欲しいって言わないの？」

「うん、仕事のことは知ってて付き合ってるんだし」

割り切るのが大人で、恭也は特にそういうタイプだと思う。だから、今朝見たことも多分、聞けそうにない。

　絵里奈が何か言いたげなのを分かっていながら、航太は続けた。

「困ってる人を助けるのは彼の仕事だし、俺も彼に助けてもらった。それに『彼氏』の仕事がなくても、忙しいのは変わらないから」

　絵里奈は、航太が最近、姉がいたらこんな感じだろうなと思っている顔で頷く。労《いたわ》り、心配、その他色々な思いやりの感情が混ざった顔だ。

「知ってて付き合ってても、気持ちの面は別じゃない？　自分の彼氏が他の誰かとデートなんて、想像するだけでダメ。ねぇ、若菜君、一方的に我慢してるって変だよ。言いたいこと言えない関係って辛《つら》くない？」

　絵里奈は切なそうに目を細める。その瞳を真《ま》っ直《す》ぐに見返すことができず、航太は目を逸《そ》らしてしまった。

「だけど俺は――」

　そこから先は、頭に浮かんだことが恥ずかしくて、いくら絵里奈が相手でも口には出せなかった。

　――嫌われたくない、捨てられたくない。そっちの方がもっと辛い。

　航太の世界は狭いし限られている。

　でも恭也はそうじゃない。仕事を通じて色々な人と出会う。

彼がいつ、もっと素敵な人と出会って、自分の元を去っていくか分からない。ただでさえ、そんな状態なのに、『彼氏』をしないで欲しい、もっと一緒に居る時間が欲しいなんて、わがままを言う勇気はなかった。

2

「え？　旅行⁉」

恭也《きょうや》の車の助手席で、航太《こうた》は思わず大声を上げていた。

仕事帰りに会いに行くと言われ、結局、航太のアパートの近くに着いたと連絡が来たのは、夜の十一時過ぎだった。恭也は最初から航太の家に上がることは考えていないようで、一日遅れのバレンタイン以来、十日ぶりのデートは、住宅街でエンジンを切った車の中だ。

「どうだ？」

「どうって……旅行……しかも来週末？」

恭也がシンプルなビジネススーツで現れたのを見て、今日は多分『彼氏』の仕事ではなかったのだろうとホッとしたのも束《つか》の間《ま》、来週末、旅行に行くから一緒に来ないかと誘われた。

「都合悪いのか？　また友達と飲みにでも行くのか？」

「そんなにしょっちゅう行ってるわけじゃ……」

「へぇ？」

ハンドルに肘をついてこちらを向いた恭也は、不機嫌そうな声を上げる。

航太だって素直に喜びたい。

でもやっと会えると思ったら車で話をして終わりっぽいしとがっかりしていたら、いきなり旅行に話が飛んで気持ちがついていかない。

それに先週末の錦糸町の件もある。浮気を疑っていないなら気にすべきじゃないのに、五日経った今でも、相変わらずモヤモヤしている。

それだけじゃない。旅行先で置き去りにされる自分の姿が脳裏にチラつくのだ。食事やアレの最中でも仕事に行ってしまうのに、旅行なんて可能なのだろうか。

「なんで急に旅行なんですか?」

航太は気を取り直して、当たり障りのなさそうなところから聞いてみた。

「友達と一緒に行くはずだったカップルが別れてダメになったから、別の同行者を探してる」

「俺でいいんですか? 昴《すばる》さんの方が……」

この間、昴以外に友達はいないだろうと失礼なことを考えていたから、ピンチヒッターだとしても泊りがけで出掛けようという友人がいたことに驚いていた。

「あ? なんで昴が出てくる?」

恭也は眉と目がくっつきそうなほど険しい顔で睨んでくる。

「だって、恭也さんの友達って、恭也さんと同じくらいの年ですよね? 大学生の俺が混じってたら変じゃないですか？」

七つも離れていると、関係を聞かれたときにどう説明すればいいのか分からない。

「いや、友達の彼氏は大学四年だ。お前と変わらねぇよ」

「え？」

人物相関図がうまく纏《まと》まらず、航太は目を泳がせた。

「お友達さんは女の人ですか？　男の人ですか？」

「男だ。つまりゲイカップル同士で旅行しようとしてたんだ」

「お、俺たちみたいな？」

会ってみたいと思った。自分たち以外のカップルに会ったことがない航太にしてみれば、興味津々《しんしん》だ。

「行く気になったか？」

錦糸町の男は、その友人なのだろうか。旅行の相談で会っていたとか。それなら、すっきりするのに。

「おい、なんで黙る？」

恭也の手がペチッと頬を叩いてくる。

「あ、いえ、それって、ダブルデートみたいな――」

せっかく楽しそうな話なのに、どうしてもあの男の人が頭にチラついて話に集中できない。

時間が経てば、気にならなくなるだろうか。

「みたいじゃなくて、そうだ。ただ、そいつの彼氏が、ちょっと色々あってな」

「色々？」

「人目が気になって出掛けられないらしい。二人だと目立つから四人で、知ってる奴に絶対会わなさそうな所でってことで、この旅行を計画したらしい」

「それは恋人同士だから、ってことですか？」

「ああ」

「そういう事情があったんですね」

航太は助手席のシートの上で恭也の方に向き直った。

ゲイだと勘ぐられたくないから、キャンセルされたからといって二人で行くわけにはいかないのか。それなら、忙しい恭也が二人のために旅行に行くと言い出したのも頷ける。

「お前は嫌か？」

今まで恭也とは最初の公園を除けば、食事や彼の家でしか会っていないから、あまり考えたことがなかった。余裕がなかったと言うべきか。映画、テーマパーク、旅行、イベント、男二人だと変に思われるのだろうか。

自分だったら、どうだろう。

「嫌じゃないですっ！　けど……」

人目が気になってデートができないなんて、気の毒だし一緒に行く人がいることで安心できるなら航太もぜひ力になりたい。

だが、引っ掛かるのはやっぱり錦糸町のことだ。あの男の人のことは、確かめなくていいのだろうか。

航太はじっと恭也を見詰めた。

「なんだよ、見過ぎだろ。穴でも開けてぇのか？」

解《げ》せんという顔をした恭也は、意味もなくハンドルを弄り始める。見詰められるのが苦手な恭也がこんなふうに落ち着きを無くすのはいつも通りなので、後ろめたいことがあるかどうかは分からなかった。

「バイトと対策講座か？」

「あっ」

その件については全く考えていなかった。でも違うと答えれば、煮え切らない理由を追及され、航太はきっと隠し切れない。

だから、航太は大きく頷いた。

「でも来週の土曜は講座が入ってないので、バイトさえ代わってもらえば大丈夫です」

担当していた受験生の試験は済んでいるし、航太は今まで代わる方ばかりだったので代わってもらう当てならある。それに、四月からのスケジュールを考えると、旅行に行く機会なんてしばらくなさそうだ。それどころか、デートすら恭也の都合に合わせられるか分からない。

今より会えなくなるのが怖い。航太は恭也の腕を掴んだ。

「行きたいです。ところで行き先は？」

「静岡《しずおか》」

「温泉？」

「いや。ＵＲＬ送る」

胸元から恭也がスマホを取り出す。剝き出しだったスマホにプレゼントしたカバーが着いているのを見て、航太は少し照れくさくなり口元を緩めた。

「キャンプですか？　三月に？」

航太も風呂上がりのジャージから着替えたチノパンから取り出したスマホを開き、彼の送ってくれたＨＰを開いた。

「グランピングだ。泊るのはこっちのコテージだ。クソ寒いのにテントなんかで寝れるかよ」

航太のスマホを覗き込んできた恭也が画面を操作してくれる。ページが変わり、ロマンチックの塊みたいな可愛《かわい》い山小屋の写真が出てきた。

「すごくいい雰囲気ですね。焚火《たきび》もある！」

「キャンプと違ってテントを張ったりあれこれ準備の必要はない。手ぶらで行けるし、冷暖房、バスルームも完備だ」

恭也は後部座席を振り返り、置いていたビジネスバッグを探ると、どこにでもあるような長方形の茶封筒を航太に差し出してきた。

「何ですか?」

「穴埋めだ」

受け取った封筒を開けると、万札が何枚か入っていた。

「これは何ですか?」

「これは金だ」

「いえ、そうじゃなくて」

全く意味が分からない金を手に、航太は説明を求めて恭也を見上げた。

「バイトキャンセルするんだろ、その分だ。足りるか?　因《ちな》みに、旅費は一切必要ない」

「費用は払いますよ。バイトも、一日くらい休んだって平気です」

足りる足りないの話でいえば多過ぎる。でも受け取らないので、そんなことはどうでもいい。

航太は、封筒を返そうとした。でも恭也は受け取ろうとしなかった。

「俺に話が来る前に、キャンセルした奴らが詫《わ》びに費用は負担するってことで話がついてた。だから、払う相手はいねぇんだよ」

何でもないことのように恭也は肩を竦《すく》める。航太には社会人の常識がよく分からないが、旅行に掛かる金額を、そんな夕食を奢《おご》るレベルのやり取りで済ませていいのだろうか。

「百歩譲ってそれは分かるとしても、恭也さんからお金を貰うわけにはいきません」

ハンドルに置かれた恭也の腕を掴むと、航太は折れないよう彼の手に封筒を押し付けた。

「急な誘いに応じた礼だと思えばいいだろ」

「思えませんってば。か、彼氏からお金をもらうなんて嫌です」

お茶一杯くらいなら、ありがとうございますと言ってしまうけれど現金は無理だ。

恭也だって逆の立場なら、そう思うはずだ。何せ、レンタルデートの費用を高級な食事としてプラスアルファして返すまで自分に触れようとしなかった男なのだ。

「そうか」

恭也はまだ煮え切らない顔で、封筒を運転席と助手席の間の収納スペースに置いた。

「お金より、俺、別のことの方が嬉しいんですけど……」

せっかく会えたのに、まだ話しかしていない。航太はそっと彼のジャケットを掴んだ。

「別のって?」

「だ、だから……」

頬がかぁっと熱くなる。暗くても恭也はそれに気付いたのか、クスッと笑う。

「な、なんでもないです」

揶揄われて余計に照れくさくなった航太は、手を離して窓の方に身を寄せた。

「お前って……」

ふっと吹き出した恭也に引き寄せられ、ぎゅっと抱き締められた。

「分かってるなら、なんで意地悪するんですか」

むくれながらも、突き放す気にはなれない。触れてもらうのを待っていた航太は、素直に恭也の身体に腕をまわす。お金よりこっちの方が何倍もいい。

「そうか、これだけでいいのか」

甘さを含んだ声で、恭也が笑う。

「もうっ」

航太は抱き締めた恭也の身体を揺さぶった。自分ばかりが好きで求めてるみたいで切ない。それだけではもどかしさが収まらず、恭也の胸を叩くと、彼はすっと顔を近付けてきてキスしてくれた。嬉しくて再び恭也の身体を抱き締めると、応えるようにきつく抱いてくれる。航太は自分からも唇を押し付け、舌を絡め合った。

恭也がさっきの封筒を置いた運転席と助手席を隔てているスペースが邪魔だ。エンジンと一緒にエアコンも止まっている車内は、航太が乗り込んだときよりも冷えてきていて、恭也の体温や耳元に掛かる吐息が心地いい。

「コテージの部屋は向こうのカップルとは別になってる。続きはそのときにな」

頬に唇を落としてくる恭也に、航太は切羽詰まって口走った。

「今日は？　ダメですか？」

この間の寸止めのせいで、ずっと熱がくすぶり続けているのは自分だけなのだろうか。

「明日も朝から講座だろ？　もうすぐ十二時だ」

「そうですけど……」

自分だけならいいが、恭也も明日は仕事だろう。それでもがっかりしてしまい頭を垂れると、恭也が顔を覗き込んできて、柔らかな唇を額に、頬に、そして最後に軽く唇に押し付けてきた。

「初めての旅行が友達の代打で悪いが、次の週末はずっと一緒だ。予定変更もない。約束する」

「ほ、本当に？」

航太は目を見開いて、恭也を見上げた。いつも予定がダメになったら謝ってくれるが、そこまで考えていてくれたとは思っていなかった。

「ああ。いつも悪いな。次はがっかりさせない」

航太が彼の首に腕を巻きつけて彼の肩に顔を埋めると、恭也は宥《なだ》めるように背中を抱いて揺すってくれる。

「恭也さんっ……すごく楽しみです」

航太は思わず胸が熱くなった。

あまり会えなくても時間がなくても、恭也はちゃんと自分のことを考えてくれていた。胸だけじゃなくて、目元まで熱くなりながら、航太は幸せを噛み締めた。

教科書やパソコンの代わりに一泊分の荷物を詰めたリュックを背負った航太は、代々木《よよぎ》駅東口に降り立った。まるで遠足の朝を思い出すドキドキ感だ。三月最初の週末、まだ気温は低いものの日差しが心地よくて絶好の旅行日和だ。

西口と違って東口はレトロでこぢんまりしていた。土曜の朝だからか、人もまばらだ。

ちゃんと恭也の友人たちと仲良くなれるだろうか。恭也と二日も一緒に過ごすのも初めてだ。いや、その前にやっぱり急にキャンセルになったりしないだろうか——。スマホを確認しようとカーゴパンツのポケットに手を突っ込む。

「よう」

トンと腕を叩かれ、航太は驚いて振り返った。

「うわっ恭也さん、おはようございます」

「どうした、面白い顔だな。緊張してるのか？」

目を丸くした恭也が尋ねてくる。そんなに分かりやすいのだろうか。多分、そうなのだろう。

「はい。だって、恭也さんのお友達に会うんですよ」

「だからなんだ？　普通にしてろ」

「頑張ってみます」

恭也の方は、これから旅行だというのにコンビニにでも行ってくるという程度の気楽さだ。航太のパンパンのリュックに比べて、彼のリュックはスッキリしている。普段と違うゆったりしたシルエットのパンツ、ダウンジャケット、今まで見た服装の中でツナギの次にカジュアルで、やっぱりかっこいい。

「頑張らなくていい。ああ、ただ一つ、俺たちはアプリで知り合ったことになっている」

「アプリ？　……本当のこと言ってないんですか？」

航太は、嘘という言葉を使いそうになり飲み込んだ。

「あながち嘘じゃないだろ。メッセージアプリでやり取りしてるし、顔も知らないまま会ったんだ。仕事関係で知り合った奴なんだが、その仕事場に俺は違う身分として行ってた。レンタルの話をするとややこしくなる」

つまり、恭也の本当の仕事を知っているわけじゃないということか。事情は分からないが、仕事絡みなら航太は言う通りにするまでだ。

「そういうことなら、了解です」

「悪いな。助かる」

恭也はダウンコートの航太の腕を撫でてくれると、口の片端を持ち上げて、マフラーを直してくれる。もちろん、恭也がくれたものだ。

「似合ってますか？」

航太は照れ隠しにへへっと笑って尋ねた。

「ああ。ちょっと歩くぞ。車を停《と》めやすい場所を教えてある」

恭也はフイッと顔を背けてしまう。航太は土地勘ゼロなので何も考えず特に目印のない建物ばかりの道を彼について歩いて行く。

五分くらい歩いたところで白いミニバンとその前に立っている男性を見つけた。彼は恭也に気付くと、軽く会釈しながら手を挙げた。

「恭也さん！　おはようございます。お世話になりますが、よろしくお願いします」

アウトドアブランドの黒いタートルに、ジーンズとブーツ、短い黒髪に黒々とした眉が硬派な感じのお兄さんだ。

あの日、恭也が錦糸町で会っていた人じゃない。

モヤモヤが解消されることを少し期待していた分、航太は複雑な気持ちもあったが、次の恭也の言葉で一気に気持ちが浮上した。

「こちらこそ。この子が俺の恋人の若菜航太」

さらりとそう言った恭也を、航太は思わず見上げていた。隠す必要がないのは分かっているが、はっきり恋人だと言われるのは結構感動ものだ。

「若菜君ですね、今回はありがとうございます。お世話になります」

平山哲郎《ひらやまてつろう》と名乗った男性は、折り目正しくお辞儀をしてきた。

「こちらこそよろしくお願いします。あの、俺の方が年下だと思うので敬語はいいですよ」

哲郎の背格好は航太とさほど変わらない。

でも恭也や昴の外見が年齢やその他色々不詳なのに対し、彼は丸《まる》の内《うち》とか、いかにもなビジネス街で働いていそうな雰囲気がある。

航太の申し出に、哲郎は取引相手のお伺いを立てるが如《ごと》く恭也の方を見る。

「そうだな。航太は年齢で言うと彼より一つ下だ」

恭也が視線で哲郎の背後の車を示す。

哲郎の彼氏は助手席にいるようだが、航太のいる場所からはよく見えない。

「なるほど、俺は二十六なので、確かにその方が自然かもしれないですね。二つ上の恭也さんには敬語のままですが……若菜君は、二十一ということですよね」

哲郎の口調は会議か商談中みたいだ。取引が成立したような顔で恭也に大きく頷いた後、航太に頭を下げてきた。

「それでは若菜君、今から敬語はなしで、お話しさせていただきます」

「あ、はい。分かりました」

仕事の打ち合わせみたいで大袈裟《おおげさ》だなと思ったが、きっと真面目な人なのだろう。

哲郎は屈《かが》んで助手席の窓をノックし、少し開けたドアに身体を滑り込ませた。

「豪《ごう》くん」

哲郎の喋り方が急にソフトになる。

さっきまでのビジネスライクな喋り方とのギャップに、航太は思わず目を剝いた。

「出ておいで」

――わぁ、優しいな。

事前に恋人同士だと聞いているからだろうか。他の男性が男性にそういう好意を持って話しているのを見聞きして、航太は純粋に感動した。

ところが、哲郎の恋人の返事は意外なものだった。

「触るなっ」

つんけんした声と共にパシッと音がした。

「いたっ、ご、豪くんっ――ああ、すみません」

哲郎は航太たちを振り返って、申し訳なさそうに会釈する。

「……？」

航太は戸惑いを隠せず後ろに立っていた恭也を見上げるが、彼は知らん顔だ。

「こちら、田塚《たづか》豪くんです。豪くん、仕事で知り合った九賀《くが》恭也さんと彼の恋人の若菜航太君だよ」

助手席から出てきたのは随分と可愛らしい人だった。が、勘違いだったら申し訳ないが、彼は恭也と航太を睨んでいるように見える。

「どうも」

豪は恭也と航太に警戒心たっぷりの視線を浴びせると、暗い顔のまま小さく呟いた。

百七十cmあるかなしかの身長で、オーバーサイズのパーカと幅広のパンツ、派手なオレンジのスニーカーを履いている彼は華奢《きゃしゃ》で、大学四年どころか航太より年下に見える。

「よろしくお願いします」

歓迎されていないようだが、航太は気にせず笑顔を向ける。人目を気にすると聞いているし、初対面の相手に警戒心を持っていても不思議じゃない。話していくうちに、仲良くなれたらいいだろう。

そんなことを考えていた航太は、いきなり恭也に頭を抱き寄せられて飛び上がるほど驚いた。

「君が哲郎のか、うちの航太も大学生だから仲良くしてやってくれ」

「恭也さん⁉」

今、恭也が「うちの航太」と言ったように聞こえたのは気のせいだろうか。

いつも「お前」や「ガキ」なので、そんな呼び方をされると赤くなってしまう。らしくない。

「……ん、い」

恭也に話しかけられた豪は、大きな目を丸くした後、眉間に皺《しわ》を寄せ、「はい」だか「うん」

だか分からない返事をした。長めのマッシュショートに縁どられた顔もパーツも丸っこく、ジェンダーレスな可愛らしさがある。

昴が恭也のタイプは可愛い子だと言っていたのを思い出す。

豪の恋人がこの場にいてよかった。でなければ、航太は不安になっていたかもしれない。

それきり黙ってしまった豪と、それを取り繕うように笑う哲郎。航太もぎこちなく笑顔を返し、促されるまま恭也と一緒に後部座席に乗り込んだ。

これからの二日間、一筋縄ではいかなそうだと悟ったのだった。


「何これ、ピリピリする」

サービスエリアで休憩して昼食をとり始めると、航太と向かい合って座っていた豪が、海鮮丼を一口食べて丸い目を細めた。

代々木で挨拶をしてから、豪が一番長く喋ったのが今だ。

「豪くん、ピリ辛《から》丼だよ。豆板醬《トウバンジャン》が入ってるって、俺、言ったよね？」

哲郎は愛おしそうに豪を見て目を細めて優しく説明する。もし、航太が今の豪みたいなことを恭也に言ったら、「じゃ食うな」でバッサリだろう。

哲郎は車の中でも、ずっとこんな感じだった。

航太が色々聞いても答えてくれるのは恭也と哲郎ばかりで、豪が微妙な反応を返す度に哲郎が気の毒なほど取り繕ってくれた。

「こんなに辛いと思わなかったの。無理。僕、先に車戻っていい？」

豪は物凄く嫌そうな顔でキョロキョロする。

お昼のピークは過ぎているが、フードコート内は絶えず人が行き交っているし、周りの席もそれなりに埋まっている。もしかしたら、豪にとっては、そっちの方が問題なのかもしれない。

「豪くん、俺のと交換しよう」

「それウニじゃん！　僕がウニ嫌いなの知ってるよね」

豪の態度に、そろそろ恭也がキレないだろうかと航太は隣に視線を走らせる。でもこれがさらに不思議なことに、今日の彼はとても機嫌がいい。機嫌のよさを毒舌やしかめ面で隠そうともせずニコニコしている。

航太の視線に気付いた恭也は、口元を緩めて腕をくっつけてきた。

そんなことをされると、航太も違和感そっちのけでにやけてしまう。堪《こら》えようとしても無理だ。もう東京《とうきょう》を離れた。今から仕事で戻ることも流石にないだろう。この週末は、ずっとこんなふうに恭也と過ごせるのだ。

頬を引き締めるのに失敗し、航太は赤くなりながら咳払《せきばら》いをする。

「豪さん、俺のと交換しますか？　まだ一口取っただけですし」

「えっ」

豪が話していたのは隣の哲郎だ。正面から言葉が返ってくるとは思っていなかったのか、完全に存在をシャットアウトしていたのか分からないが、彼は戸惑った顔をした。

「まぐろ丼、食べられますか？　甘だれだし、ウニは入ってません」

車を降りてからの豪は余計に落ち着かなそうだし、不安そうに見える。何せ週末のサービスエリアだ。やっぱり、周りに人が多いのが気になるのだろう。少しでも自分にできることはないかと、会話のきっかけを探っていたのだ。

「そ、それは悪いよ……」

顔を伏せた豪の呟きは、本当に申し訳なさそうだった。

「俺、好き嫌いないし何でも食べられます」

航太はトレイを豪の方へ滑らせる。

「でも……」

戸惑っている豪は、哲郎への態度とは違い、至って常識的に見える。人見知りの子どもが親に甘えるみたいに、哲郎に甘えていただけなのかもしれない。

だとしたら、少し羨ましい。

「若菜君、いいのかい？　そんなに気を遣ってもら――」

哲郎がすまなそうに眉を下げる。彼こそ、そんなに気を遣わなくていいのに。そう言おうとしたら、上機嫌の恭也に先を越された。

「気にするな。航太は何でも食う」

「はい」

「申し訳ない。豪くん、お礼は?」

哲郎が過保護に間に入って口を挟むので、また喧嘩《けんか》が始まるかと思ったが、豪はしおらしく頷いた。

「ありがとう。ごめん、気を遣わせて」

「いいえ、いいんです」

航太は嬉しくなって、早速、交換した海鮮丼を笑顔で口に運んだ。どれだけ辛いのかと思ったが、全く問題なく美味《おい》しい。

ボランティアや塾で生徒を見ている経験から、直接的なやり取りで態度が軟化したので、豪とは大丈夫だろうと航太は思った。多分、人が怖いだけで、航太たちに悪感情を持っているわけではないのだろう。

「航太は本当に可愛くていい子だろ?」

何を考えているのか、恭也が急にそんなことを言い出した。

「き、恭也さんっ……んっんんっ」

びっくりして噎《む》せてしまい、慌ててお茶を飲んだ。

「ほら、こんな反応が堪《たま》らなく可愛い」

甘く微笑んだ恭也は、軽く航太の頬を摘まんできた。

「ちょっ……」

斜め向かいの家族連れの男の子とバッチリ目が合ってしまい、キョトンとされた。航太はオロオロしながら頬を擦《こす》る。

「ふざけ過ぎですって」

「航太がいちいち可愛いから悪いんだ」

今日は人前なのに、髪に触ったり距離が近かったり名前で呼んできたり、一体、恭也は――

そうだ、まるで『彼氏』だったときみたいだ。

「んんっ、ゴホゴホッ」

わざとらしい豪の咳払いで、航太は我に返った。

恭也はサービスエリアに似合わないラグジュアリーな笑みを浮かべる。

「イチャイチャされたら落ち着かない？」

「恭也さんってば」

なんでわざわざ落ち着かなさを煽《あお》るようなことを言うのだろう。

でもそうだった、『彼氏』のヨシヤは、こんな感じだった。

ちょっと危ういことを言ってみたりして、蕩《とろ》けそうな甘い笑顔を浮かべる。

——営業時間外なのに、なぜ？

「あ、当たり前じゃんっ」

遠回しに咳払いで抗議したのに、真正面から言い返されるとは思っていなかったのだろう。豪は丸い目を更に丸くして顔を赤らめた。

「じゃれてるだけだろ？　人のことなんて誰も気にしてないって」

周りの目が気になって彼氏と出掛けられない人だと航太に説明したのは恭也だ。豪が居心地悪くなることは百も承知のはずだろう。

「あんたたち目立つよ、分かってるでしょ」

豪は箸《はし》を折りそうな勢いで握っているのに、恭也はへらへら笑っている。

「豪くん、そういう言い方は失礼だ。それに恭也さんの方が年上な——」

哲郎が静かに豪を窘《たしな》めるが、恭也が止めに入る。

「構わないよ。別に目立つようなこともしてないし」

「してるしてないの問題じゃないんだってばっ。二人揃《そろ》ってなんでわざわざそんなにカッコイイの⁉」

それを聞いた恭也はふっと吹き出し、ツッコミを入れる。

「どういう文句だよ、それ。褒めてくれてるのかな？」

「はぁ？　誰がっ。褒めてないし」

「いや、カッコイイは褒め言葉だろ」

何だか、ポンポン話が弾んで楽しそうだ。航太の胸がチリッと痛んだ。確実に嫉妬《しっと》するような場面じゃない、分かっている。

でも気が付けば二人の間に割って入っていた。

「豪さんたちは、もう長いんですか？」

「そうだね、もう四年目だよ」

食い気味に答えてくれたのは哲郎だ。どれだけツンツンされても豪にデレデレしていた彼も、恭也と豪のやり取りを見て、同じようなことを思ったのかもしれない。

「俺が誰かと話したくらいで妬《や》くな」

箸を置いた恭也に肩を抱かれた航太は、心底驚いた。

「なっ、や、妬いてなんかっ……」

顔から火が出る思いで、慌てて恭也の手から逃れた。

「俺、何も言ってませんよね⁉」

妬いてるなんて口に出してない。ピリ辛丼では全然平気だったのに、恭也のせいで顔がカッカしてきた。

「だから、お前は全部顔に出てるんだって」

意地の悪い顔で恭也が腕を小突いてくる。

哲郎がポカンと自分たちを見ているのに気付いて、益々恥ずかしくなる。

「か、顔にって……出さないようにしてます」

「無理だな、諦《あきら》めろ」

「酷いですよ、もう」

せっかく豪と話ができたのに、そんな妙な疑いをかけて嫌がられたら、どうしてくれるのだ。

チラリと豪に目を向けたが、彼の顔に怒りはない。しかし、哲郎と同じように鳩《はと》が豆鉄砲を食らったような顔をしている。

目が合うと、豪はよく分からないことを聞いてきた。

「あんたたち、俳優志望か何か？」

「へ？」

航太は目を瞬《しばたた》いた。恭也はそう間違われても仕方ないくらいかっこいいが、自分はザ・平凡な大学生だ。

「まさか。褒めてくれるのはありがたいけど、航太が嫉妬するからほどほどにしてくれ」

「だから、嫉妬なんて……ああ、もうっ」

恭也がこの調子なら言うだけ無駄だと、航太は唸った。

普段なら、豪の言ったことに「あ？」と言って眉間に皺を寄せても不思議じゃない。でも今日の恭也は、胡散《うさん》臭いほどニコニコしっぱなしだ。
空気の読めない人じゃないが、読んでも恭也はそれに従うわけではない。
刺々《とげとげ》しい口調の豪にふわふわした返事をするのは、きっと、何か理由があるのだろう。

3

サービスエリアで食事の後、少し買い物をしてゆっくりしてから、約一時間半。グランピング場に着いたのは夕方近くだった。

身体《からだ》の芯《しん》まで染み渡るような一段と澄んだ空気、モミの木が連なる自然の中、半円形の大小のテントが並んでいるエリアの奥に、コテージが並ぶ場所があった。

——これって、ホテルで言うと、スイートみたいな感じ？

手続きは全部哲郎《てつろう》がサクサクやってくれた。値段をチェックするのは下品だと思ってホームページもそこまでは見ていなかったが、二階建ての木造の建物は、思っていた以上に大きい。

小さな階段を昇り玄関から室内に入ると、木の香りがした。一階にバスルームとリビングダイニング、二階に寝室が二つある。

焚火《たきび》ができるウッドデッキはコテージごとにプライベートが確保されるよう塀に覆われている。グランピングというより別荘だ。そもそも、寝室が個室になっているのも割と珍しいし、航太《こうた》はダブルベッドを見ただけでドキドキしてしまう始末だった。

荷物を置いた後は、また大小のテントエリアを通って歩いて十五分ほどの場所、施設に併設されている公園にみんなでイルミネーションを見に出掛けた。

「もっと寒いと思ってましたけど、結構平気ですね」

航太は隣を歩いている恭也《きょうや》を見上げた。

「そうだな」

肩の重なる位置にいる恭也の指が航太の手に触れた。見上げると、確信犯の瞳が得意そうに見降ろしてくるので、航太は思わずにやけてしまった。こんなふうにのんびり歩くことも、そういえばあんまりなかったかもしれない。

「天気もよくて何よりだね。豪《ごう》くんが寒がりだから」

うっかり二人の世界に浸りそうだったところ、哲郎の朗らかな声に現実に引き戻された。彼の世界は豪を中心に回っている。

「僕は寒いよ」

耳当てをしてマフラーに顔の半分くらいまで埋《うず》めた豪はこんな調子だ。哲郎が怒らないことを確信しているんだろうなと思うと、航太はやっぱり羨《うらや》ましく思った。

光のアーチをくぐって園内に入ると、ＬＥＤライトの花が溢《あふ》れかえりそうな花壇、デコレーションされたウッデンブリッジの散歩道があり、大小の宝石みたいなオブジェがあちこちに飾られていた。まるで自分が小さくなって宝石箱の中に紛れ込んだみたいな気分になる。

「うわー、すごいっ！　そういえば、ここのイルミネーションって夏はやってないんですよね。こういうアウトドアって夏のイメージだったんですけど、冬もいいですね。焚火も夏だと暑いですし」

「俺たちも冬は初めてだけど、豪くんも静かな方が好きだしロマンがあるよね」

哲郎の言葉を聞いて、イルミネーションに表情を輝かせていた豪は、呆《あき》れた様子でぐるりと目を回す。

「ロマンって……」

どうやら豪にはピンと来ないらしい。

恭也の言い分はもっと現実的だった。

「夏は蚊に刺されてイラつくし、やたら騒ぐバカも多いから、冬は案外いいんだよ」

それだけ具体的に言うからには、恭也はこれまでにもこういう場所に来たことがあるのだろう。もちろん、頭に浮かんだだけで航太は口に出さなかったのに、彼は何か察したように笑う。

「仕事の関係で行っただけだぞ」

「何も言ってないじゃないですかっ」

狼狽《うろた》える航太の肩に腕をまわすと、恭也は満足そうな顔をする。それから、やたらと上機嫌な彼は、暗い中でも上手に写真を撮る方法をみんなに教えてくれた。

一緒に記念撮影しようというタイプの人はいない——というより、恭也と豪が嫌がりそうなので、それぞれ散り散りになって写真を撮っていた。

航太も花壇の前にしゃがみ込み、電飾の花やオブジェをうまく画面に収めようと試行錯誤していた。目で見た物をそのまま写しているつもりなのに、自分で撮ったものを見ると、なぜか肉眼で見るほどの良さを感じないのだ。

「お前は？　誰と来た？」

ぴったり隣にしゃがみ込んできた恭也が、さっきの話題を蒸し返した。

「グランピングは初めてですよ」

「キャンプにはいつ？」

「子どもの頃、夏休みに……」

航太がまだ幼稚園や小学校の低学年だったとき、いつも忙しい父も一緒に家族でキャンプにはまっていた時期があった。航太自身は都合よく忘れているのだが、トイレに行くのが怖くて、お化けが出ると兄たちにしがみついていたことは今でも家族の間でネタにされる。

「夏休み？」

恭也が先を促してくるが、彼の家庭の事情を知っているのに楽しい思い出を語る気になれなかった。

「学校で行きませんでした？」

「林間学校か？　それはキャンプじゃねぇだろ」

「そうなんですか。ねぇ、恭也さんは虫、嫌いなんですか?」

航太は無理矢理、話題を変えた。ちょっと、いや、かなりわざとらしかったと思う。恭也が自分に興味を持ってくれるのは嬉《うれ》しいが、家族団欒《だんらん》の話をして彼に嫌なことを思い出して欲しくない。

「蚊に刺されて喜ぶ奴《やつ》はいないいだろ」

「確かに」

航太が苦笑しながら頷くと、恭也はにやりと笑った。

「でもな、始末するのなら何でも来いだ。特に夏は稼ぎ時だぞ。夜中に呼び出されたら、大体ヤツだ」

「そんなこともするんですか?」

便利屋の全貌《ぜんぼう》を把握できていない航太だが、そういえばHPに書いてあったような気もする。

「結構多い。みんなこの世の終わりみたいな声で電話してくる」

航太は思わず吹き出した。ヤツが出たら母親も大騒ぎするから何となく想像はつく。

「でも着いたときにいなくなってたら、どうするんですか?」

「基本、仕留めるまで帰らない」

それはキツイ。まぁ、社長である恭也が毎回出向いていくわけではないのだろうが。

でも、こうやって些細《ささい》なことも含めて、まだお互いに知らないことがいっぱいある。もっとこんなふうに話す時間があればいいのに。

「ねぇ、もう一回、教えてくれない？」

恭也にくっついてデレデレ話していたら、少し離れた場所で写真を撮っていた豪に肩を突かれた。

「写真ですか？　いいですけど、きょ――」

「あんたに頼んでるの」

写真の撮り方を教えてくれたのは恭也だから、彼に頼んだ方がいいだろうと思ったのだが、豪の表情を見ていると、どうやら自分に用事があるらしい。

「恭也さん、ちょっと行ってきます」

「ああ、あんまり遠くへ行くなよ」

航太は立ち上がると、豪と一緒に近くの橋を上った。彼はチラチラと何か言いたげに航太の方を見てくる。それでも本題を切り出さないので、航太の方から尋ねてみた。

「どうしたんですか？　気になることでも――」

「あんた、本当にあの人と付き合ってるの？」

下の花壇で哲郎と合流して話す恭也に目をやった豪は、まるで信じられないと言いたげだ。

ちょうど恭也と哲郎がこちらを見上げ、手を振って笑いかけてきた。

恭也の笑顔を見た途端、航太の体温は急上昇して自然に顔が蕩《とろ》けてしまう。

「俺にはかっこよすぎますよね」

謙遜《けんそん》のはずが、あまりに自分の声が嬉しそうで、これじゃただの惚気《のろけ》だ。

でも恭也の切れ長の目はどんな表情をしていてもセクシーだし、鼻の形も輪郭も何もかも完璧だ。そんな恭也と自分は、確かにお似合いとは言いがたい。

「は？　いや、そういう意味じゃないからっ。本当の恋人同士なのかなって」

豪はこの状況に困惑しているようだ。もしかしたら、航太と同じように他のゲイカップルと出掛けるのが初めてなのかもしれない。だとしたら、航太にも理解できる。

「その、友達とか兄の相手の話は聞くし、一緒に会うこともありますけど、自分以外で男同士付き合ってる人たちと遊ぶのって初めてなので、俺も不思議な感じがしてます」

「そうなの……？」

見渡せば光の中で写真を撮り、肩を寄せ合って話しているのは、男女のカップル、家族連れ、友達グループ、三脚に大きなカメラを載せている本格派が全てと言ってもいい。

自分たちと同じような人たちは見当たらない。

「でもアプリで知り合ったって言ってたよね？　他にもいっぱい出会いがあったでしょ？」

「ア、アプリは恭也さんとすぐ知り合ったから、他の人と話はしてないというか……」

その辺りを突っ込まれたら、取り繕う自信がない。豪の様子を窺《うかが》うと、彼はスマホを持った手に息を吐きかけて擦《こす》り合わせていた。

「寒いですか？」

「だ、大学ではどうなの？」

航太が気になって尋ねたのと、豪が勢い込んで口を開いたのはほぼ同時だった。

「え、大学ですか？」

「出会いだよ」

「ありません。ずっと誰にも言えなくて悩んでて――」

「大学では誰にも言ってないの？」

アプリの話を蒸し返されなくてほっとした。

でも二人で話してみて豪の印象がどんどん変わってくる。オシャレだし、恋人に言いたい放題だから、何となく勝手に自分より経験が豊富そうだと思っていた。案外、彼も自分と同じようなことで悩んでいるのかもしれない。

「一人だけ知られちゃいましたけど」

「え？　そ、それで？」

豪は大きな目を見開いて、唇を引き結ぶ。

少し怖いくらいの緊張が伝わってきた。

「相談に乗ってもらってます」

「それって本当に本当の話？」

「はい」

「嘘《うそ》でしょ、そんなの」

どうしてそんなに疑り深いのだろう。でもムッとするより、豪の張り詰めた気持ちが伝わってきて安心させてあげたくなった。

航太はじっと豪の目を見詰めて口を開いた。

「本当ですよ。嘘つく必要ないですし。元々、仲がいい友達だったんです」

もちろん、絵里奈《えりな》のことだ。彼女は一切偏見なんて持っていないし、お互い腹を割って本音で話せるようになった分、以前よりも親しくなれた。

「そっか……」

豪はそれから黙って、写真を撮るのを再開した。彼が自分に聞こうとしていたのは、何だったのだろう。聞いてみるべきか迷っていると、再び豪がそばにやってきた。

「ねえ、あんたの彼氏、優しいのか感じ悪いのか分からないね」

豪の視線の先を見ると、下の花壇で恭也が家族連れの写真を撮ってあげていた。

「恭也さんは、すごく優しいですよ」

まるで自分のことのように嬉しくなって、ついニコニコしてしまう。

「あんた、すごい顔するよね。全部マジなんだ……」

「え？」

豪が何に驚いているのか分からず、航太はにやけた自分の顔に触れてみる。

「そんなに変なことになってますか？」

「いや、いいよ、うん、もう分かったから」

豪は呆れた様子で、顔の前で手をひらひら振った。

何が分かったのか分からないが、豪が満足しているならよかった。

航太はにこやかに家族連れと話している恭也に視線を戻した。なかなかこだわりがあるようで、お揃《そろ》いのうさ耳が付いたコートが可愛《かわい》い姉妹の立ち位置まで指示して撮り直している。

もしかしたら、恭也は写真が好きなのかもしれない。前にもクリスマスツリーを撮るのを手伝ってくれたし、今回もそうだ。

もっと恭也のことを知りたい。そう思いながら見詰めていると、写真を撮り終わった恭也が、哲郎と一緒に航太たちを手招きした。

「豪くん、若菜《わかな》君、そろそろ夕食の時間だから戻ろうか」

「ねぇ、恭也さんって写真撮るの好きなんですか？」

航太は二人と合流して恭也の隣を陣取るとそう尋ねた。

「――そうかもしれないな。航太の方が好きだけど」

恭也の言葉に、航太はピタリとその場で固まった。カッと火がついたように全身が熱くなる。

「なっ……」

「どうした、行くぞ」

したり顔の恭也に腕を引っ張られながら、航太はもう一方の腕で顔を覆った。何か考えがあるにしても、こんな不意打ちは心臓に悪い。

「お、俺も……好きです」

「だから、僕の前でそういうの止《や》めろってっ」

豪が勢いよく振り向く。

「豪くんっ。失礼だろ」

哲郎がすかさず彼を窘《たしな》めた。

「豪さ――」

つい嬉しくて調子に乗ってしまった。謝ろうと思ったが、豪はさっさと踵《きびす》を返して行ってしまう。

「気にするな」

恭也が他人事《ひとごと》のように腕を叩《たた》いてくる。

「恭也さんは気にしてくださいよ。すみません、俺も恭也さんと一緒の旅行が初めてで、ちょっと浮かれ過ぎですよね」

航太は自分で言いつつ赤面してしまう。意図せず今日は惚気てばかりだ。

「いえ、そのままでいい感じです。ありがとうございます」

哲郎は胸の前に両手を上げて頷《うなず》くと続けた。

「それに豪くんも若菜君のお陰で楽しそうです。豪くんが俺以外の誰かとあんなに話すなんて。サービスエリアでは車から降りてくれなかったらどうしようかとヒヤヒヤしてました」

いつの間にか哲郎がまた敬語に戻っている。

見ている方がほっこりするような笑顔の哲郎だが、彼自身はどうなのだろう。気を遣い過ぎて疲れないだろうかと心配になってしまう。でもそれを航太が口にするのは、よそのカップルに割って入るようで気が引ける。

「そういえば、お二人の出会いって聞いてもいいですか?」

「ああ、サークルの新歓に来た豪くんに俺が一目惚《ひとめぼ》れなんです。その頃から空気を読まずに言いたいこと言っちゃう子で、いきなり先輩のひんしゅくを買って……。とは言っても、悪いのはその先輩の方だったんですけどね。四つも年下なのに、そういうところがなんだか眩《まぶ》しくて。本当はいい子なんですけど、態度がアレだから誤解されやすいんです。せめて俺だけは、いつでも彼の理解者でいてあげたくて……」

空気に歯向かっていくところや本当はいい人なところは、ちょっと誰かさんに似てるような気がする。航太は熱心に頷《うなず》いた。

「豪さんは哲郎さんみたいな優しい人に愛されて、すごく幸せですね」

「若菜君は優しいで——あ、いや、優しいね。平凡で地味な男には、尽くすくらいしか取り柄がないから」

哲郎はそう言うが、彼は東京《とうきょう》の一等地にある外資系会計事務所で会計士をしているらしい。

航太の感覚では、結構華やかだ。

「哲郎さんが地味で平凡なら、俺、どうしたらいいんですか。だって、恭也さんは、本当にかっこいいし――」

「おい、人が反応に困ることを言うな」

恭也が後ろから脚を蹴《け》ってくる。ふざけているのには違いないが、顔に「クソガキが」と書いてある。

「何も変なこと言ってないじゃないですか」

航太はむくれた。何を企《たくら》んでいるのか知らないが、恭也の方こそ、今日一日、心臓にくるような甘いことばっかり言ってるくせに狡《ずる》いだろう。

哲郎は、代わる代わる恭也と航太を見て急に距離を詰めてくると声のボリュームを絞った。

「あの……昼間から気になってたんですけど、お二人って、まさか本当に――」

「哲郎、お前の彼氏、先に行っちまうぞ」

恭也が思いっきり哲郎の言葉を遮った。

「あっ、そうでした。すみません。行きましょう」

哲郎はハッとしたように背筋を伸ばし、短い髪をひと撫《な》でると豪を追いかけて行った。

遮った方も遮られた方も、明らかに何かがおかしい。

「……？」

一体、今の妙なやり取りは何だったのだろう。

恭也を見上げると、彼は何食わぬ顔で肩に腕をまわしてきた。

「腹減ったな」

その一言で、恭也に説明する気はないのが分かった。

「そうですね」

前を行くカップルの後ろを恭也と並んで歩きながら、航太は眉を顰《ひそ》めた。

何だろう、この引っ掛かる感じは……。


散歩から戻ると、コテージもオレンジ色の電飾でライトアップされていて、すぐに焚火とその傍《そば》のテーブルに食べきれないほどの食事が用意された。

「先に写真撮ってもいいですか？」

みんなの許可を取って、航太はスマホを構える。

焚火のそばにはプールサイドにあるような長椅子が置いてあって、それだけでもキラキラしているコテージをバックに入れると絵になる。

　バイキング形式で料理を取って来て火を囲んで食べるのがおすすめだと、料理を運んできた人が教えてくれた。長椅子にはクッションとブランケット完備なので、防寒対策もばっちりだ。

「美味《おい》しそうだし綺麗《きれい》だし、ホテルに泊るのと変わらない豪華さですね」

　グランピングとは、贅沢《ぜいたく》なキャンプという意味らしいが、贅沢な要素しかない。しかも、この後、恭也と同じ部屋で一晩過ごすのだと思うと、ロマンティック過ぎて身体がモゾモゾしてくる。

「若菜君のそういう反応いいなぁ！　分かってくれて嬉しいよ。最近、色々なところにグランピング施設ができてるんだけどね、ここみたいに個室のあるコテージって意外と少ないんだよ」

　哲郎が目をキラキラさせながら教えてくれる。

「哲郎さんは詳しいんですね」

「いやぁ、ここに決めるまでに結構研究したんだ。施設、料理を色々比べて――」

「哲の話は長いから、聞かなくていいよ。すぐ解説したがるんだ」

　彼の横に立っていた豪は、食事に気を取られているふうを装っているが、ちょっとむくれている。

「ははは、ごめん。つい……」

　しょんぼりしている哲郎は、豪に鬱陶《うっとう》しがられていると誤解しているようだ。

「あの、焼きもち焼かなくても大丈夫ですよ」

誤解したままでは哲郎が気の毒なので、つい航太は口を出してしまった。

「はぁ？　妬《や》いてるって⁉　違うしっ！」

赤くなった豪が、懸命に否定するのを聞いた哲郎の顔に笑みが戻る。時々ギクシャクしている二人だが、四年も一緒に居るのだから、本当に好き同士なのだ。恭也との関係が始まったばかりの航太には、その年月がどんなものかとても想像できない。

「航太、先に食うぞ」

本当に腹が空《す》いていたらしく、黙々と料理を皿に運んでいた恭也が顔を上げた。

航太も慌てて食べたい物を皿に取ると、焚火を囲む長椅子に腰掛けた。

「さっきの人たち、やたらジロジロ見てこなかった？」

航太が注《つ》いでもらったワインで喉を潤していると、斜め向かいに座っている豪はマッシュポテトをつつきながら、ぷりぷり文句を言い始めた。

「豪くん、あの人たちは、恭也さんを見てたんだよ。俺たちのことが気になったんじゃない」

哲郎は豪を安心させようとしたようだが、いい方向にはいかなかった。

「はぁ？　僕が自意識過剰って言いたいの？」

豪はムッとして哲郎に言い返す。料理を運んでくれた女性スタッフたちが見ていたのは、哲郎の言う通り、恭也だ。でも、航太にしてみれば、そんなのは他の人の『彼氏』になられることに比べ、どうってことない。

「鼻が赤いぞ。寒いか？」

向かい側で自分の話が繰り広げられているのに我関せずの恭也は、航太の座る長椅子に移動してきた。

「平気です。耳と鼻だけ冷たくなるんですよね」

コテージのウッドデッキは、塀のお陰で焚火でうまく空間が温まるのか、夜空を眺めながらの食事でも着こんでいれば平気だ。

「だな」

恭也は自分の世にも形のいい鼻にちょちょっと触れると、あろうことか航太の鼻先に軽くキスをしてきた。

「わっ……」

びっくりした航太は、思わず皿を落っことしそうになる。

言い合いを続けていた豪と哲郎もぴたりと黙り込んだ。喧嘩《けんか》がヒートアップするよりマシだが、ドキドキし過ぎて心臓に悪い。

「だからっ、人前でそういうの止めろってば！」

豪のキャンキャン声が今度は自分たちに、いや、主に恭也に向けられるが、彼はひょいと肩を竦《すく》めると骨付き肉に齧《かじ》り付いた。

「俺、水取ってきます。ついでに食べ物も。恭也さん、何かいります？」

もう少しワインを飲みたい気もしたが、恭也に酒飲みだと思われたくない。変な酔い方はしないけれど、それでも恭也の生い立ちを考えると、アルコールを憎んでいても不思議ではないからだ。恭也はいつも一杯程度しか飲まないし、あまり好きじゃないように思う。

「いや、俺も行く」

航太が立ち上がると、恭也もついてきた。

二人でテーブルの方へ移動し、並んだ料理に目を向ける。

メニューの一つに、チーズフォンデュがあった。航太が初めて恭也と食事に行ったときのことを思い出しながらウインナーをチーズに浸けていると、恭也がぼそりと口を開いた。

「二回目のデートだったよな」

航太はドキリとして、固まった。何も言っていないのに、なんでこうなってしまうのだ。意識しているのがバレて、また顔が熱くなってくる。

「え、何の話ですか？」

椅子の上で身体を回転させ、哲郎が興味津々《しんしん》で身を乗り出してくる。

「いや、あの、恥ずかしいので……」

航太が手を振って話を遮ろうとするが、料理を皿に盛りながら恭也が口を開く。

「二回目のデートで、航太が食事に誘ってくれた。そのときのメニューがチーズフォンデュだ

ったんだ。まぁ航太は、個室で俺と二人きりになりたかっただけだよな？」

容赦ない彼氏の胸を航太は肘で小突いて長椅子に戻る。

「ああ、もうっ、はいはい、どうせそうですよ。でも美味しかったじゃないですか」

今日は本当に弄《いじ》られてばっかりで、もうやけくそだ。

「へぇ、いいね。豪くん、ほら、個室だったら大丈夫じゃない？　俺たちも行ってみよう」

哲郎が少し離れて座っている豪に話しかける。

「よかったら、店教えますよ」

航太も彼らの力になれたらと申し出た。店員に何か言われたり、ジロジロ見られたりもなかった。第一、男二人でも食事くらいで好奇の目を向けられることはないだろう。

「いかにもカップルが行きそうな店なんかあり得ないっ」

豪は不服そうな顔でワイングラスを一気に傾け、ローストビーフを口に運ぶ。そしてまた彼の足元に置いてあったボトルを引っ摑《つか》むとグラスにワインを注いだ。

大丈夫だろうか。飲み方が荒っぽい。

「そうか。ごめんね、若菜君」

「いえ、いいんです」

「以前はよく行ってたんだよ。豪くんの方が外食好きだったから」

やり取りを黙って聞いていた豪が、嫌そうにふっと笑う。

――あ、なんか雲行きが怪しい。

航太はそう感じたのだが、哲郎は気付かないのか話を続ける。

「あの頃は楽しかったよね。ねぇ、豪くん、ここには俺たちしかいないんだから、こっちにおいでよ」

哲郎は自分の座っている長椅子をぽんぽんと叩く。

豪がすっくと立ち上がる。眉間にギュッと皺《しわ》が寄っている。哲郎のそばに行くためじゃないのは明らかだ。はらりと彼の膝から落ちた毛布が火を掠《かす》めないかヒヤリとし、航太は腰を浮かせた。

「うるさい！　うるさいな！　行きたいとこ行ける奴と付き合えばいいじゃん！　もう嫌なら別れたらいいじゃん！」

「ご、豪くんっ」

豪は哲郎の呼びかけを無視すると、そのままコテージに入ってしまった。勢いよく閉められたガラスドアが跳ね返り、中途半端にまた開いた。

哲郎が豪を追いかけようとする。

「哲郎、待て」

傍観していた恭也が声を上げる。

「すみません。俺が調子に乗ったから。あの子のこと、悪く思わないでください」

きまり悪げに哲郎は持っていた皿を置いて項垂《うなだ》れた。

「そんなこと、思ったりしません」

航太が力強く請け合うと、哲郎が弱々しく微笑《ほほえ》んだ。

「ありがとう、若菜君。どこまで恭也さんから聞いてるか分からないけど、彼は、この半年くらい大学も行けてないんだ。焦るのはよくないって思うんだけど、四月から復学予定だし、このまま家に引き籠《こも》ったままじゃ……」

「そうだったんですか……」

そこまで深刻だなんて知らなかった。だったら、余計に今日は色々神経が張り詰めているに違いない。個人的なことだから、話さなかった恭也を責めることはできないが、知っていればもっと航太にも気を配れることがあったかもしれない。

だけど、二人は久々の再会というわけではなさそうだし、どうやって会っていたのだろう。

哲郎がずっと豪の元に通っていたのだろうか。

「あの……お二人が会うときはどうしてたんですか？」

「同棲《どうせい》してるんだ」

「そうだったんですか」

そういう選択肢があることに、航太は言われて初めて思い至った。

「俺の仕事が忙しくなってきて、豪くんとスケジュールが合わなくなって――それで一年前に思い切って一緒に住もうと誘ったんだ」

「ああ……じゃ毎日会えるんですね」

　日々、勉強やバイト、目の前のことをこなし、できたばかりの恋人から連絡があるか会えるか会えないかということばかり考えている航太と違って、豪は同じ大学生なのに既に恋人との生活を持っている。彼らは問題を抱えて困っているというのに、少し羨ましいと感じてしまう。

「うん。一緒に住んでてよかったよ。ちゃんと俺がお世話してあげられるからね」

「お、お世話？」

「ずっと引き籠っていたら生活が乱れるからね。朝起こしてあげないと。食事や買い物も必要だし。家事だけじゃなくて、休学の手続きとかも色々とあるだろ」

「はぁ……」

　哲郎は当たり前のように言うが、それは働いている彼氏がすることなのだろうか。航太は首を傾《かし》げたくなるのを堪《こら》えた。一緒に住んで毎日会っている彼らが羨ましいという思いはあったが、それは少し違うのではないだろうか。

　航太の隣で黙っていた恭也が口を開いた。

「元の生活に戻れるよう、考えてあげるのは悪いことじゃない。でも熱心過ぎると却《かえ》ってプレッシャーになるぞ」

「あの、俺、様子を見てきてもいいですか？」

　恭也の言う通りだ。最初は哲郎が自分の気持ちを押し殺して、豪の世話を焼いているのだと思っていたが、彼は愛情から豪の世話を焼き過ぎているのかもしれない。

「でもそこまでは……そんなことまでお願いできるんでしょうか?」

哲郎は航太を見た後、なぜか恭也の指示を仰ぐよう視線を移す。

「航太は話を聞くのが上手だ」

「お役に立てるか分かりませんが……」

航太には色々な偶然が重なって絵里奈という何でも話せる友達がいるが、もし、豪にそういう相手がいないなら、彼氏にも直接言いづらいことがあったり、相談できずにいるなら、自分でよければ話を聞くくらいはできる。

「とんでもない。豪くんも若菜君なら、話しやすいと思うしよろしくお願いします」

哲郎に了解をもらった航太は、適当に料理と飲み物を見繕ったトレイを持って、二階の寝室にいるらしい豪の元へ向かった。そんな気分になってもらえるかどうか分からないが、まだ食べ足りないだろうし、ただ話をしようと言って顔を突き合わせるより食べながらの方がリラックスできるかもしれない。

ドアが開いたままの寝室で電気もつけず、豪はベッドに腰掛けていた。

「入ってもいいですか?」

声をかけても返事はないが、入るなとも言われなかった。

怒られても構わないと思って、航太は部屋に足を踏み入れると電気をつけた。

豪は眩しそうに顔を顰《しか》めただけで、航太の方を見ない。

「今日会ったばかりですけど、あの、だからこそ、よかったら食べながら話しませんか。ほら、知ってる間柄だと言いにくくても、カウンセリングみたいな感じで」

そう申し出ても豪はじっとしたままだが、彼の性格的に本当に嫌なら出て行けと言われているだろう。

「まだあんまり食べてなかったですよね。おなか空いたままだと、余計に嫌なこと考えてしまいますよ」

持って来たトレイを挟んで、航太もベッドに腰掛けた。

豪はカットしてあるバゲットを摑み、それを力任せに千切って口に放り込んだ。

航太も彼に倣《なら》い、黙ってフォンデュに浸《つ》けてきた野菜を摘まんだ。

無言でしばらくもぐもぐやった後、航太は再び豪に話しかけた。

「前はデートとかしてたんですよね。何があったんですか？」

豪は齧っていた骨付き肉を、ゆっくり時間をかけて咀嚼《そしゃく》して水を飲むと溜息《ためいき》をついた。

「そういうのまでやってんの？」

「え？」

多分、聞き間違いではなさそうだが、「そういうの」が何のことか航太にはさっぱりだ。

「だから、悩み相談もやってるの？」

「同じゲイだし年も近いから、色々話したいなって旅行に来る前から思ってたんです。聞かせてもらえるなら、ぜひ」

豪は困惑顔で、野菜スティックを持ったまま固まった。

「それ素なの？　あんたみたいないい子ちゃんは、カッコイイ彼氏ともうまくいってそうだし、何の問題もないいんだろうな」

「いえ、あ、いいえじゃなくて……」

恵まれているとは思う。でも恭也とはなかなか会えないし、錦糸町《きんしちょう》の男は謎のままだ。モヤモヤしているのは自分だけかもしれないが、最近の出来事を考えると素直に頷けなかった。

煮え切らない航太を見て、豪は目をぱちくりさせる。

「そうなんだ、意外」

「幸せですけど、誰だって色々ありますよ」

落ち着かなくなり、航太も野菜スティックに手を伸ばす。

「へぇ……色々って？」

「恭也さんは忙しいから、あんまり会えな――それより、すごく肩凝ってそうですね」

いい音を鳴らしながら野菜を食べていた豪が肩を動かすと、バキバキッと物凄《ものすご》い音がした。

「身体中ガチガチだよ。外出たの本当に久しぶりだから。あんたも僕が引き籠ってたの、知ってるんだよね？」

身体が強張るほど、ずっと緊張していたという意味か。航太は豪が自分の薄い肩を揉《も》んでいるのを見て、胸が痛んだ。

「大丈夫ですよ。人目が気になってるっていうことしか聞いていません」

次々と食べ物を口に運んでいた豪の手が止まる。

「——あんたたちは怖くないの？」

「……人目がですか？」

豪が真正面を見詰めたまま険しい顔で頷く。

「正直、まだ恭也さんと付き合って二か月ほどなので、あんまり考えたことなくて」

付き合ってから遊びに出掛けたこともないし、食事をしている程度では特に気になるようなことはなかった。恭也は、仕事で男ともデートをしているが、他人から心無い言葉や視線を浴びせられたりすることはあるのだろうか。

航太が自分の思考に気を取られている横で、豪はもどかし気に溜息をついた。

「じゃ、人前でイチャついてないで考えなよ。僕みたいに痛い目見る前にさ」

「痛い目？」

不安を煽《あお》るような豪の言葉に、航太の気持ちがザワついた。

「去年……ゼミでアウティングされたんだ」

「それは——それって……ゲイだってことを話したら言いふらされたってことですか？」

「違う。打ち明ける相手なんかいないし」

「じゃあ――」

アウティングという言葉は知っていたが、こうして会話の中で聞くと石が胃を押し下げているみたいに嫌な感じだ。

「僕が悪かったんだけどね」

「絶対に違います。原因はなんであれ、言った人が悪いですよ」

同じく同性と付き合っている者として、自分のことのように腹が立った。

豪も分かっているのだろう。自分が悪かったと言いつつ、航太には彼が納得しているようには見えなかった。その証拠に大きな瞳には憤りが浮かんでいる。

「僕って小柄だし、喋《しゃべ》り方もこうでしょ？　哲みたいに男って感じじゃないし、あんたの彼氏みたいな芸能人かって見た目でもないし――あんただって普通に女にもモテるでしょ」

「俺のことは置いておいて、うん、二人共かっこいいのは分かります。でも、それぞれ個性が違うってだけで豪さんだってアイドルっぽいですよ？」

客観的に見ている航太でも、可愛いと思うがそれは言われたくないかもしれないので止めておいた。

照れたのか、豪は少し頬を染めて咳払《せきばら》いをする。

「とにかく、同じゲイでも黙ってて分からないタイプと、僕みたいに黙ってても、ぽいなって言われる奴がいるってこと。実際は僕ってゲイに多いタイプってわけでもないのに」

「外見が原因で色々言われたってことですか？」

それなら勝手な噂《うわさ》だから、豪が否定すれば済む。多分、彼が言いたいことはまだ他にあるのだろう。

豪は両手に顔を埋めてうんうん唸《うな》った。

「違う。自分が馬鹿みたいでやんなるよ。僕たちもね、あんたたちみたいに、結構どこでもイチャイチャしてたんだ。恋してるとさ、無敵になった気分にならない？」

「無敵ですか。楽しそうですけど」

分かるような分からないような。航太の場合、幸せなのは間違いないが、恭也が忙しくて長く会えない、連絡がない、そういう時間にヤキモキしていることが多い。

「僕、調子に乗り過ぎちゃったんだよ。ゲイで男同士だけど、だから何？　って感じで、外でも哲にベタベタしてたんだ。あいつの会社、外資系だからそういうのに偏見なくて、カミングアウトしてる人たちもいたりするんだって。哲もそのうちカミングアウトしてもいいって言ってたし、もうそういう時代じゃんって――。でも実際は全然だよ。ゼミの奴がさ、たまたま僕たちがデートしてるとこ見てたらしくて」

「ああ……」

言葉にならない声が漏《も》れる。

ゼミの友人たち、サークル仲間、塾の同僚——たとえば、もし、この間、瑛司《えいじ》と食事をしたとき、本当のことを打ち明けていたら、彼はどんな反応をしただろう。

「ゼミでそのクズがさ、隠し撮りした写真拡散したんだよ。僕の言葉遣いとか、女子への態度とかみんな分析し始めて、ああ、やっぱりとかだからからかって分かったふうなこと言ってくれちゃって……最悪、本当最悪っ。当然、ゼミだけじゃおさまらないよね。僕のこと知らない奴まで、いつの間にか僕の恋愛事情知ってるの」

「なんでそんな酷《ひど》いことする人がいるんですか？」

話を聞きながら、航太は思い切り歯を食いしばっていた。どんな神経で、どんな権利があって人のことをそんなふうに傷付けられるのだろう。された人がどんな気持ちになるか、少し想像すれば簡単に分かるはずだ。

「僕が知りたいよっ」

航太の怒りが伝わったのか、豪も声を荒らげる。

「ですよね、すみません。俺、腹が立って……」

大変な思いをしているのは、豪なのだ。

「ううん。僕、全然分かってなかったんだ。ガチガチに偏見ある人の方が多いんじゃない？　自分と違うことが許せないんだよ。本当はみんなみんな、自分とは違うのにざっと見て一緒だって思って満足してんの。人のことジロジロ見てる暇があったら、自分たちがどれだけ何も分かってないのか気付けばいいのに……。そのうち、人の目が気になって、裸で外歩いてるくらい嫌な気分になった。被害妄想だって分かってても、みんな敵に見えてイライラしてヤバいなって。大学に行くのも止めちゃったから、四月から二回目の四年生しないといけない」

「……」

話を聞くなんて偉そうなことを言っておいて、相応《ふさわ》しい言葉が見つからない。

航太は膝の上で拳《こぶし》を握り締めた。自分の周りの人がそんなふうに変わったら――いや、本当はそういう人だったと知ったら、そのショックはどれほどだろう。

「一回、おかしくなるとどんどんダメになってくんだ……。哲が気を遣って色々してくれたり一緒にどっか行こうって誘ってくれたりするんだけど、自分が調子に乗ってこんな目に遭ったこと思い出すと――」

「それはちがっ――」

「でも、もう前みたいに手放しで楽しい気分になんかなれない。哲は色々考えてくれてるのに、苦しいんだ。八つ当たりって分かってるのにきついこと言っちゃうんだ。止められないんだ。さっきの喧嘩だって、今日に始まったことじゃないんだよ。僕たち、ここ最近、ずっとこうなんだ。もう何回も何回も喧嘩してる」

話し疲れたのか、豪はドサッとベッドに背を預けた。

「でも言いたいことを飲み込んで我慢してるよりは――」

「何でも言いたい放題って思うよね。違うんだ。哲だって、本当は僕なんか捨てようって考えているかもしれないじゃん。でも僕がわがまま言って、受け入れてくれているうちは安心していられる」

豪は消え入りそうな声で「だからだよ……」と締め括《くく》り、航太に背を向けた。

あれだけ愛されていても、そんなことをしないと不安なのか。何でも話して何でも受け入れているように見えていたが、少なくとも豪の方は、本当に大事なことは伝えていないんじゃないだろうか。

「だめですよ」

否定するようなことを言うつもりはなかったのに、航太は薄い背中に向かって、はっきり言い切ってしまった。

闇雲に感情をぶつけたり、駆け引きしたりされたり、そんなことを繰り返していては疲れ切ってしまう。

「愛情を試すようなことしちゃだめですよ」

思いは真《ま》っ直《す》ぐ伝えるべきだ。

自分だって、豪のことを言えるような立場ではない。恭也に言いたいことが言えていない。

だから、わがままを言える豪と、それに応えている哲郎を見て、何でも分かち合っているように思えて羨ましいとばかり感じていた。

でも、試したり試されたり、そんなのだったら嫌だし、闇雲にわがままを言うのと思いをきちんと伝えることは、似ているようでちょっと違う。

「そんなの、分かってるよっ。でもいつ人が変わるかなんて、分かんないじゃん。哲がいつキレて、お前なんかいらないって言うかも――」

「言わない！」

急に飛び込んできた大声に、航太と豪は飛び上がった。

「うわっ」

「ひっ、て、哲⁉」

開けたままにしていたドアのところに、恭也と哲郎が立っていた。

哲郎は、ベッドから上体を起こしかけて固まったままの豪のそばにずかずかと歩み寄る。

「か、勝手に人の話聞くなよっ！」

「ドアが開いてたし、お菓子持って来たんだよ。恭也さんが焼いてくれた」

哲郎はチョコレートと何か甘い匂いのするクッキーのようなものが入った皿をベッドに置いて、豪の足元に跪《ひざまず》いた。

「な、何してんの⁉」

びっくりした豪が身体を仰《の》け反《ぞ》らせるが、哲郎は動じない。真剣な眼差《まなざ》しで豪を見上げる。

「豪くん、俺のことは信じてよ。俺は豪くんが大学に行かなくても家事しなくても就職しなくても、養う気満々だから。ずっと家に居てもらったっていいと思ってる」

「え、嫌だし。それじゃ僕、本当にクズじゃん」

哲郎にガシッと両手を握られた豪は、若干困惑している。

「分かってるよ。重くてごめん。それに、豪くんはそんなこと望んでない。だから元の生活に戻れるようにって色々考えてるんだ。押しつけがましくなったときもあったよね。焦ってたのは俺の方なんだ。何もしてあげられない自分が不甲斐《ふがい》なくて」

「そんな……そんなことないよ……僕の方こそ、哲の期待に応えないと、無理させて気を遣わせてばっかりだと捨てられるって……なのに全然ダメで焦って八つ当たりばっかりして……本当にごめん」

すっかり肩の力が抜けた様子の豪は、穏やかに哲郎を見詰め返す。

航太は見詰め合う二人の邪魔をしないように、そっとその場を離れて恭也のそばに行った。

「若菜君、ありがとう」

豪の両手を握り締めたまま、哲郎が振り返る。

「とんでもないです」

航太は笑顔で答える。自分は何も力になれなかったが、力になろうなんていうのがおこがましいのだ。二人はちゃんとお互いに向き合える関係だったのだから。本当によかった。

「片付けは任せてくれ」

哲郎に向かってそう言った恭也に手を引かれ、航太は部屋を出て一階に降りていく。

二人が幸せそうで、本当に嬉しい。だが、自分たちはどうなのだろう。

長く付き合って一緒に住んで毎日顔を合わせていて、哲郎があれだけ豪を構っているのにもかかわらず、あんなふうにすれ違ってしまうのか。

恭也と自分は、酷いときは二週間ぶりに顔を合わせることだってある。今でもそんな調子で、公務員試験が始まったら、どうやって会う時間を見繕うのだろう。すれ違うことがあったとしても、お互いに解決しようとしなければ、豪と哲郎のようにはやっていけない。もし、恭也に、面倒くさい、と思われたら最後、関係を修復しようにも無理だ。

分かり切ったことだが、お互いの気持ちだけを頼りに成り立っている人間関係は怖い。

航太は繋《つな》がれた恭也の手をぎゅっと握った。

「恭也さん――」

「ん？」

ガラス戸に手を掛けていた恭也が立ち止まる。

「……」

言えない。今、気になっているのは錦糸町の男の人だけど、それすらこうして口に出して聞けない。これからも言えない、聞けないが積み重なっていくことに、自分は耐えられるのだろうか。

「どうしたんだよ?」

恭也が不思議そうな顔をする。

「……」

「腹でも痛いのか?」

おなかに手を当てられ、航太が首を振るとぎゅっと抱き締められた。思いがけずきつく抱かれて、思わず鼓動が跳ねる。

彼の胸に顔を埋めると、恭也は黙って繰り返し髪を撫でてくる。彼のセーターからいつもの洗剤、焚火の匂いもする。嫌いな人もいるらしいが、航太はどっちも結構好きだ。

髪を撫でてくれる恭也の手が、いつもより優しい気がする。

「恭也さんは、何かあったら話してくれますか?」

「何かって?」

あのとき一緒に居た人は誰なのか、聞いてしまおうか。

でも問題はそれだけじゃない。なかなか会えないこと、就活が始まったらスケジュールを合わせるのが難しくなること、それに、『彼氏』の仕事だって……。

そんなのやっぱり言えない。

「――分からないですけど……」

そう言うと、肩を摑んで身体を離した恭也が珍しく顔を覗《のぞ》き込んで目を合わせてくる。

「っ……」

「お前は？　何かあるのか？」

「……」

薄茶色の瞳が探るように自分を見ている。

航太は思わず頭を振った。

「何もないですよっ」

好きだから、せっかくの時間を台無しにしたくなかった。自分が黙っていて彼を失わずに済むなら、なんで余計なことを言わないといけないのだろう。

本当はこんな言い訳、正しくないことは航太も分かっていた。でも怖いのだ。誰かを好きになるのも初めてだし、付き合うのも初めて、ただただ長く一緒に居たい。

恭也は両手で航太の頬を包み込むと、そっと唇を食《は》んできた。

「なら、焚火を楽しむのはどうだ？」

言いながら恭也は航太の額に瞼《まぶた》に、そしてまた唇に短いキスを落とすと、ダメ押しとばかりに尋ねてくる。

「スモア食べないか？」

「すもあ？」

両側から恭也に頬をムニムニと揉まれ、再びチュッと口づけられる。

航太はついに口元を綻《ほころ》ばせた。

スモアの正体は、クラッカーにマシュマロとチョコを挟んだものだった。

「有名なお菓子なんですね、知らなかった」

航太は、焚火のそばに戻って椅子に腰掛けブランケットを被《かぶ》り、時々パチッと音が鳴るのに耳をそばだてながら恭也の肩に凭《もた》れかかった。

彼が串に刺して火でマシュマロを炙《あぶ》る。薄く焦げ目が付いてぷっくり膨《ふく》らんできたら、航太がクラッカーを恭也に渡す。彼はその上にマシュマロとチョコを載せ、航太からもう一枚クラッカーを受け取るとぎゅっとサンドウィッチにする。

「美味《うま》いか?」

「うん!」

恭也が作ってくれるのも嬉しかったし、寒い中でアツアツとろとろのお菓子を頬張るのも最高に贅沢だ。

「お前、嫌いな食い物ねぇのか?」

「ないです。恭也さんは?」

「必要があれば何でも食う」

食べ物は人を幸せにしてくれるものなのに、恭也の言い方では義務みたいだ。

「嫌でも食べるってことですか？」

「そうだ」

恭也は持っていた串を立てかけ、首を傾げる。

「食べられるけど、食べたくないものは？」

言い換えてみるが、恭也はピンと来ていない顔だ。

「考えても考えなくても食うなら一緒だろ」

「それはそうですけど」

「クラッカーついてんぞ」

ニヤリと笑った恭也に、頬を擦られた。

――どうしよう。

頬に指で触れられただけで何もされてないのに、下肢や指先に痺《しび》れが走って戸惑った。

一日中、恭也と一緒にいて、今やっと二人きり。焚火がパチパチ気持ちのいい音を立てているのが映画みたいで、いつも完璧にかっこいい彼氏が、さらにかっこよく見える。

ごくりと喉を鳴らすと、恭也がゆっくり顔を近付けてきた。

空気が急にチョコやマシュマロよりも甘くなる。

「恭也さん……」

航太は我慢できずに自分から唇を重ねに行った。

これが豪の言っていた「無敵」モードなのかもしれない。

恭也の手が背中を抱いてくる。航太も彼の腰に両手をまわした。すぐに口づけは深くなる。舌を絡め合い甘いキスを貪《むさぼ》った。

いつもより性急なキスに、航太が先に音を上げる。止めたくなかったが、酸素が足りない。

「んあっ……」

吐息と共に、誘ってるのかというような声が出る。でも恥ずかしいと思う余裕がない。航太の髪を愛撫《あいぶ》しながら、耳や首筋にキスしてくる恭也の身体に手を這《は》わせるのに忙しい。まだキスだけなのに、下肢が痛いほど張り詰め、下着が濡《ぬ》れているのも分かるくらいだ。

もっと近付きたくて、膝にかけていた毛布を蹴るようにして脚を絡めにいく。恭也の手がセーターやシャツをたくし上げて、直に肌に触れてきた。

「外ですよ、なっ……あっ」

恭也の指先が乳首をなぞって行き来するとビクッと身体が跳ねた。

早春の夜、空の下、なのに彼の指先も掌《てのひら》も、航太の身体と同じくらい熱い。

「分かってる」

でも言葉とは裏腹に、恭也は航太の頭を両手で掴まえて唇を貪ってくる。大切にされていると感じるから、航太はそうされるのが好きだ。

「航太」

唇が僅《わず》かに離れたとき、恭也が掠れた声で囁《ささや》いた。

『彼氏』じゃない恭也が、二人きりで誰の目もないのに、名前で呼んでくれた。感極まった航太は、ぶつかるように自分から恭也の唇を貪った。

「来いよ」

尻に恭也の手が這い、誘導されるまま彼を跨《また》いで見下ろすように座らされた。

「い、いつもと違う……」

見上げてくる恭也が新鮮で、そっと緩やかに波打つ髪を撫でてみた。グイッと頭を引き寄せられ、噛《か》むような強引さで唇を奪われる。口づけが深まると堪《たま》らなくなり、航太は彼に腰を押し付ける。ゆったりとしたパンツ越しにしっかり主張された彼の雄に、航太は自分の昂《たかぶ》りを擦り付けた。

「あっ……んっ……」

普段ならこんなこと、想像するのも恥ずかしい。でも動き出すと気持ちが良すぎて止まらない。

「恭也さっ……」

もっと刺激が欲しくて、どんどん動きが大きくなってしまう。恭也が腰を掴んで押し付けてくるので、このままでも出てしまいそうだった。

「このままで気持ちいいのか?」

彼も息が荒くなっているのに、そんなことを聞いてくる。

イきたいけど、ちゃんと触れ合いたい。

「もっとちゃんとし、したい、です……」

興奮で声が震えていた。震える手で、彼のズボンに手を掛ける。

「んん……」

わざと手伝ってくれない恭也に焦《じ》れて航太は喉を鳴らす。

「お前は本当に——」

キスの合間に、恭也は小さく呻《うめ》いて後を引き継いでくれる。

下着ごとズボンを下ろされ、恭也が体重をかけて来てくれるのかと思いきや、前を寛《くつろ》げた彼の上に座らされた。

「これでもイけそうだっただろ?」

恭也はお手本だというように、航太の腰を摑んで揺さぶる。

「ああっ……んんっ」

ひときわ高い声が漏れ、恭也の肩に顔を埋めた。やっぱり布越しと直に触れ合うのでは、刺激の強さが違う。

「き、キスして――」

「ん」

恭也に唇を塞《ふさ》いでもらって、ゆっくりと腰を動かし始める。挿《い》れてなくても気持ちよくなってもらえるよう、自分のものと手で太い雄を刺激する。

「き、気持ち、いいっ？」

航太はもうすっかり息が上がっていて、とてもキスしている余裕がなかった。

「ああ」

「きょう、やさ……俺、もうっ我慢できなっ……」

「俺もだ」

恭也が背中を撫でて、支えてくれる。いくらも保たず、大きな声が出ないよう彼の肩口に顔を押し付けて夢中で腰を揺すった。

「あっあっー！」

勢いよく吐精し、二人分の精で濡れた感覚が下肢に広がる。ぐったりして、恭也に全体重を預けた。嬉しい、ちゃんと彼もイってくれた。感じてくれたのだ。

それにしても――。

「こ、こんなに疲れるんだ」

「若いのに何言ってんだ」

ゆるゆると航太の髪や肩を撫でていた恭也が吹き出した。

「いつもと違う筋肉使ったからです」

「それじゃ、もう少し鍛えてみるか？」

恭也の指が、吐き出した精を塗《ぬ》り込めるようにして後ろを探ってくる。

さすがに、そのまま外で続きを行うのは気が引けた。航太が部屋に行きたいというと、恭也は航太を抱き上げそのまま寝室に運んでくれた。彼の首に腕をまわして摑まっていると、可笑《おか》しくなってきて笑いが漏れた。

「何が面白いんだ？」

「俺、一歩も歩いてないんですよ」

縦も横も、豪みたいに小柄というわけじゃない。それなのに、二階のベッドまで休みなく一直線に運んで来られた。顔の印象は繊細そうだが、ガタイはいい恭也の体力は底知れない。

「さっきので随分お疲れになったらしいからな」

のしかかってきた恭也が、軽口を叩きながら着直したばかりの服を取り払っていく。

正面からしっかり抱き合って、お互いの身体を余すところなく撫でまわして唇を重ね合う。

恭也はさっき服が邪魔してあまり触れられていなかった乳首に歯を立て、舌先で転がした。

「んっ……」

さっき一度達したばかりでも、だからこそ、さっきの快感が鮮明に蘇《よみがえ》る。また主張し始めたそこがさらなる刺激を欲して蜜《みつ》を垂らす。無意識に恭也の脚を太腿《ふともも》で挟んで刺激を求めると、恭也の手に太腿を押し開かれた。

いつの間に用意したのか、枕の下に手を伸ばした彼はジェルを秘部に塗り込みながら、唇を啄《ついば》んでくる。

前回、未遂で終わってから気が遠くなるほど待っていた。

「あっ――」

「大丈夫か？」

「う、うん……」

すぐにでも恭也と繋がりたい気持ちでいっぱいなのに、久しぶりなせいで彼の指がそこをかき混ぜると、意思に反し動かさないでくれというように締め付けてしまう。

恭也は労《いたわ》るように肩口に唇を寄せ、首筋まで丁寧にキスして鼻筋で愛撫してくれる。

「後ろ向けるか？　その方が痛くない」

耳元に口づけを落としたタイミングでそう囁かれ、航太は恭也の手に導かれるまま素直に体勢を変えた。

「こ、こう？」

枕に頬をつけて、尻を上げた状態が恥ずかしくて何か口を開かずにはいられなかった。

「ああ、上手だ」

甘い声で褒《ほ》められて、一気に耳まで熱くなる。

「うわ、これやっぱり落ち着かないっ」

身を起こそうとするが、腰を抱かれていて無理だった。

「大丈夫だ、何もおかしくない」

「ああっ」

グッと奥の方まで指を入れられたのが分かる。恭也はそのままゆっくり抜き差ししながら、背中にキスを落としていく。腰にまわっていた手は思わせぶりに茂みを彷徨《さまよ》った後、勢いを無くしていた航太の雄を包み込んで愛《いつく》しみ始めた。

「んっ……」

指の抜き差しと握り込まれた雄を擦る恭也の動きが一緒になって、きついはずの後ろも感じているような気になってくる。

「ま、待ってっ……」

このままじゃよくなり過ぎて、また達してしまいそうだ。

「よくなってきたか?」

「う、ん……も、指じゃなくて……」

航太自身を刺激していた恭也の手を引き離す。すぐにでもイかせて欲しいが、最初はきつかった指だけじゃ、かき混ぜられ熱を帯びた後ろが物足りないと訴えている。太腿に当たっているものが欲しい。

今日こそ、誰にも邪魔されず繋がれる。そう思うと息が苦しくなるほど期待が高まる。ぎゅっと抱き締めて、もうこれ以上無理なところまで近くに来て欲しい。

「ね、ねぇ……」

さっきジェルが出てきた枕元を探り、コンドームを取り出す。

「もういいのか？」

恭也がコンドームを握った手に手を重ねてきて、指の間を意味深になぞる。

「うん——あっ」

指が後ろからずるりと抜けていった。腰を抱えていた彼の手が離れると、航太は疼《うず》く身体を持て余しベッドに崩れ落ちた。

「大丈夫か？」

「ん……早く……」

航太は痛いほど張り詰めて脈打っている自身を無意識のうちに握り込んで、自ら腰を上げる。

「ほ、欲しいよ……」

息が上がって、視界が滲《にじ》んだ。ここ数週間、ずっと恭也に飢えていた。早く彼を迎え入れることしか考えられない。

「クソッ、無茶しても怒るなよ」

コンドームを着用した恭也は航太の尻を鷲摑《わしづか》みし、悪態をつきながらもゆっくりと身を進めてくる。

「ああっ……」

知らない間にどこかへいった枕の代わりに、航太はぎゅっとシーツを握り締め、大きく息を吐く。恭也がぴったり背中に覆い被さり、ゆるゆると腰を動かしてくる。

「ううっ……はっ……」

嬉しい、すごく嬉しいのに、全身を貫かれているような感じがして身体が逃げようとしてしまう。

「ふ、深いっ……」

「まだだ」

宣言通り、恭也はもう休ませてくれる気はないらしい。彼も航太と同じくらい飢えていたのだとしたら嬉しい。胸の方にまわってきた手が尖《とが》り切った乳首を引っ搔《か》き、胴を撫でまわす。その間も恭也は休みなく抽挿《ちゅうそう》を繰り返す。

「あっあっ……」

頬を涙が伝い落ちる。肉壁が意思とは関係なく彼を締め付けるように動き、身体の底から震え出しそうな欲望が指先まで駆け抜ける。

今までと全然違う。揺れて蜜を散らす自身を握ろうと伸ばした手、そしてもう片方の手を後

ろから摑まれて身体を起こされた。

「悪い奴だな、すぐ自分で触ろうとする」

「っ……ああっ！」

ヘッドボードを摑まされ、恭也の上に座らされる格好になる。もうこれ以上、奥には入らないと思っていた雄を容赦なく飲み込まされた航太は悲鳴に近い声を上げた。

「ま、待ってってまっ……」

膝頭で腿を割られ、背後から恭也にぴったりくっついてこられ、ヘッドボードに縋《すが》りつくほかない。かき混ぜられるように揺すられたり、ギリギリまで引き抜いたものを一気に押し込まれたり、航太はその度に叫んで恭也を締め付けた。もう痛いのか気持ちいいのか、両方が入り混じって分からない。

「こういうのも悪くないだろ」

腹につくほど反り返ったモノを恭也が擦り上げてくる。

「あっ……」

思いっきり脚を開いて下肢を突き出すような格好で、彼が自身に加える愛撫をつぶさに見せつけられ、いやがうえにも身体が昂ってくる。

「い、いっちゃっ……やっ、いっちゃうっ！」

こんな格好じゃ、ベッドの背を汚してしまう。

「ああ、いいよ」

荒く乱れた恭也の息が耳元にかかる。彼の動きが一層激しくなる。

「あっあああっー！」

恭也が彼の望みを果たしたのとほぼ同時に、恭也の手の中に精を吐き出し、ぷつりと糸の切れた操り人形みたいに脱力した。

最高に気持ちいい状態で高みに連れ去られた。恭也のお陰でヘッドボードに精液を飛ばさずに済んだらしい。でも、もう動けない。全力で走った後みたいに息が上がったままだ。

後始末を終えた恭也が無言で航太の身体を包み込んでくる。こめかみに口づけられて、うっとりと微笑んだ。

このまま、すぐにでも眠ってしまいそうだ――と思ったが、そうはならなかった。のしかかってくる恭也に、ベッドに突っ伏していた身体をころっと裏返され、脚を抱え上げられた。

「えっ」

「悪い、待たない」

性急に呟《つぶや》いた恭也の雄に目を落とすと、イったばかりとは思えない状態になっていた。

後始末をしてたんじゃなくて、ゴムを替えただけだったのか。気付いたときにはもう屹立《きつりつ》が蕾《つぼみ》に押し当てられていた。

「あっ……んっ！」

一度受け入れて解《ほぐ》れていた身体は、あっという間に恭也のものを飲み込んでいく。今度は最初からグイグイ押し込まれ、奥を突いたまま揺さぶられる。

「きょ、恭也さっ……」

何なんだ、これは。今イったばかりなのに、彼の雄を飲み込んだ肉壁が擦られる度に痙攣《けいれん》しそうな、よく分からない感覚だった。

「ふっ……ああ、な、なに……」

ゾクゾクと全身が痺れるような刺激が怖い。航太は必死になって恭也にしがみ付く。

「航太……」

息を乱しながら、恭也が唇に噛みついてくる。微《かす》かに血の味がした。吸い付かれたり噛まれたり、舌を絡めているうちに、唾液が溢れ、口の端を伝い落ちる。

「んん……ん……」

恭也が今度は少し腰を引く。

「やっ……」

奥ばっかり突かれていたから物足りずに、恭也の身体に縋りついて自分の方へ引き戻す。

「そんなに締め付けるな。奥がいいのか？」

頭をかき抱くようにしながら、恭也が甘く囁いてくる。ハチミツみたいに甘く、航太を蕩けさせる。

「っ……離れないで……」

　ずっとこんなふうに繋がってぐちゃぐちゃになっていられれば、余計なことは考えなくていいのに。

「恭也さんっ……」

「大丈夫だ」

　舌を絡め合わせるキスをされ、航太は溺《おぼ》れている人のように恭也に全身で縋りつく。奥で深く繋がったまま、揺するような抽挿を繰り返され、今までになかったほど深く恭也と繋がっていると感じた。

「きもち、いい……」

「ああ、航太……こた……もうイくっ」

　もうこれ以上は無理だというところまで身体を押し付けてくる恭也の声も、震えていた。

　啜《すす》り泣くほどよかった。

「すごいいよお……いっちゃうっ――ああっ」

　またぐっと奥を突かれた瞬間、目の前が真っ白になった。一際大きな快感が波のように襲ってくる。

「あっあっ……」

恭也を締め付けたそこがキュウキュウ締まり、寄せては返す波のように身体がビクビク震えた。

「っ……後ろでイったのか？　お前の中、すげぇ締め付けてくる」

息を切らした恭也が満足そうな顔で、航太の身体を濡らしている白濁を指で掬《すく》い、尖り切った胸の飾りに塗り付ける。

息が上がって上下するのを止められない胸を捏《こ》ねるように愛撫されて、齧られた。

「は、恥ずかしいっ……」

もうよく分からない。理由もなく半泣き状態だ。顔を隠そうとすると、腕を掴まれてベッドに縫い付けられていた。

「ここ、擦ると吸い付いてくるみたいだ」

脚を抱え上げられ、太い雄が出入りする様を見せつけられた航太は息を飲んだ。

「んっ……そ、そこ、変っ……変になるっ……」

「バカ、それがいいんだろ」

宙をかいた手がヘッドボードにぶつかった。それを掴んで逃れようとすると、腰を掴まれ、また後ろ向きにされてしっかりホールドされる。尻を上げた格好のまま、再び挿入され、パンパン音が鳴るほど腰を打ち付けられて喘《あえ》がされた。

「やっ、んっ、まっ……待ってっ……あ、ああああっ——」

それからのことは、前に薬を飲まされたときみたいに夢と現実が入り混じって曖昧《あいまい》だ。

「悪かった、無茶し過ぎた」

髪を撫でられながら、恭也の腕を枕にして抱き締められるとあったかくて気持ちがよくて、とても喋る気になんかならない。

朦朧《もうろう》としていたのだと思う。抱き締められて眠るのも、泊ったことがないから初めてなのに、考えるのも目を開けるのも億劫《おっくう》だった。

こんなに深く繋がったのが初めてで、これを知った後、前みたいにろくに会えないような毎日に戻るのが耐えがたかった。

「嫌だ……」

「ん？」

「もっと一緒にいてよ……もっと……」

次はいつ会えるのだろうかと考えて連絡を待つのが嫌だ。

自分以外の誰かに優しく笑いかけるのも嫌だし、こうして自分を抱いている恭也の腕が見知らぬ誰かを抱くのも嫌だ。

他のカップルは、彼氏が別の誰かとデートしたりしない。

もう認めるしかなかった。

好きな気持ちが強まるほど、恭也のことを独り占めしたいという思いは強くなっていく。

4

「まだ寝てるのか？」

背中に置かれた手が、航太《こうた》の身体《からだ》を揺さぶる。

呼びかけられてもその手が心地よくて目を開ける気にならない。

「航太」

首筋を冷たい手で揉《も》まれ、一気に目が覚めた。

「はっ――」

上体を起こしかけたところで、腕がぷるぷるしてありとあらゆる所が痛いことに気付く。暖房の音がしているが、部屋はまだひんやりしていた。航太は起き上がるのを諦《あきら》め、上掛け布団を首元まで引き寄せた。

「おはようございます」

寝惚《ねぼ》けた顔を見られたくない。昨夜のことが恥ずかしくて恭也《きようや》を見ずに発した声が、少し変だった。掠《かす》れている。もしかして、叫んだからか……。

ベッドに腰掛けた恭也が、ゆっくりと背中を撫《な》でてくれる。

「身体は大丈夫か？」

「……疲れてます」

平気ですとはちょっと言い難かった。

「悪かった。俺のせいだ」

恭也の方は、昨日の激しさが嘘《うそ》のように落ち着いている。というか優しい。根本的にはいつも優しいが、そういうことじゃなくて糖度が高い気がする。

チラリと布団から顔を出すと、彼はもう着替えも済んでいるし、ダウンジャケットまで着ている。

「あっ、時間っ⁉」

うっかりしていたが朝食の後、十一時にはチェックアウトなのに準備も何もしていない。

「急がなくていい。まだ九時過ぎだ。哲郎《てつろう》も今、豪《ごう》を起こしてる」

昨日と同じゆったりしたパンツのポケットに手を突っ込んだ恭也が、おもむろに航太にスマホを見せてきた。

「猫がいた」

航太は、自分がプレゼントしたスマホカバーを使ってくれていることに気を取られつつ、目を擦《こす》りながら画面を覗《のぞ》き込む。コテージが点在しているこの辺りの風景写真にしか見えない。

「どこですか?」

「ここだ」

首を傾《かし》げた航太を見て、恭也が画面を拡大する。

「あ、本当だ、可愛《かわい》いですね」

草むらの中にちょこんと座る猫がいた。でも、こんなの言われないと分からない。

「哲郎と散歩してきた」

だから、ジャケットを着ているのか。さっき首を触ってきた手が珍しく冷たかったのも、そのせいだろう。

「ぎりぎりまで休むか? 食べ物なら持って来てやる」

壊れ物にでも触るように、恭也は航太の髪を撫でてくる。

写真を見せてくれたり、悪態をついたりしないのも恭也らしくない。こそばゆいが嬉《うれ》しくて、航太は恭也の腰に腕を巻きつけた。

「どこか痛むか?」

「ううん……好きです」

本当は、あちこち痛い。でも動き出せば何とかなるだろう。一か月もお預けだったことに比べれば、この方がマシだ。

「ああ、あー……同じくだ」

好きだと言ってくれないのはいつものことだが、「同じく」は初めてだ。ぎゅっと抱き返して額に長いキスとセットなのはいつもより丁寧で、やっぱりらしくない。

航太の襟足を撫でてきた恭也の手がピタリと止まる。顔を上げると彼が困惑の表情を浮かべている。

「ん？　何ですか？」

「悪い、痕《あと》をつけた」

「痕？」

恭也は自分の腰から航太の腕を外し、握った手首を撫でてきた。何だろうと航太が視線を落とすと、手首の辺りに痣《あざ》ができている。

「痛くないか？」

「わ、だ、大丈夫です」

「ならいいが」

「でも何ですか、これ」

「何ですかって、マジかお前……」

恭也は握った航太の手に額を押し付けるようにして溜息《ためいき》をつくと、チュッチュと音を立てて痣の付いた手首にキスを落とす。

「シャワー浴びるか？　手伝ってやろうか？」

優しく手首を擦《さす》られているうちに、急に痣の原因にピンと来てしまった。ヘッドボードのあれのせいだ――。

「い、いえっ、じ、自分でっ」

無理矢理身体を動かしてバスルームへ逃げ込んだ航太は、洗面所の鏡を見て、ようやく自分の身体がどんなことになっているのか理解した。

「うわあ……」

キスマークだけじゃない。いつ噛《か》まれたのか歯形まで付いている。首は幸いにもキスマークだけだが、多分、着てきたセーターでは隠せない。

じっくり観察している場合ではなかった。

航太は急いでシャワーを浴びて荷物を整理すると部屋を出た。

みんなは既に、昨夜、全く使われなかったリビングダイニングのテーブルに着いていた。

「よく眠れた?」

豪は何だか意味深な視線と言葉を送ってくる。

「ぐ、ぐっすり寝ましたよ」

気絶するように眠ったので、嘘じゃない。

航太は恭也の横の椅子に腰掛け、朝食のバスケットを覗き込んだ。

クロワッサン、マフィン、ベーグル、瓶《びん》に入ったサラダやヨーグルト、スープジャーからはコンソメのいい香りがしている。テーブルの横にあるグリルには一人用のフライパンが並び、目玉焼きが完成していた。

「全部食べられませんよね。持って帰れるかな」

　頭に浮かんだことをそのまま口にすると恭也に笑われた。

「最初の感想がそれかよ」

「だって、残したらもったいないですよ」

「持って帰れないものから食え」

「僕もそうしよ」

　にっこり笑ってスープジャーを手にした豪は、やけに素直で昨日の何倍も可愛く見えた。

「若菜《わかな》君は医者の息子で国立大に通ってるって聞いてたから、どんなお坊ちゃまが来るんだろうって思ったんだけど、いい意味で俺たちと変わらないね」

　それまでニコニコしながらコーヒーを啜《すす》っていた哲郎が出し抜けにそんなことを言った。

「え、そうなんだ。超エリートじゃん」

　豪が目を丸くする。

「航太は単純で素朴だ」

「恭也さん、褒《ほ》められてるって思っていいんですか？」

「もちろん。俺も大好きだよ」

恭也がテーブルに置いた手を握ってきた。

大好きだなんて言われたのは初めてだ。お陰でまた赤面する羽目になった。

どうしてこの人は、二人きりのときはツンツンするのに、人前だとこんなふうになれるのだろう。わざとやっているから平気なのかもしれないが、普通は絶対逆だろう。

「はいはい、昨日のじゃ足りないの？　あんたたち見てるだけでおなかいっぱいになっちゃう」

「昨日の？」

豪の言葉に引っ掛かりを覚えた航太が、うっかり聞き返してしまった。恭也の方を見ると、フイと目を逸《そ》らされてしまう。

「いや、豪くんが言ったのは、別に深い意味はなくて」

フォローしてくれる哲郎もニヤニヤしている。

「深い意味？」

「航太、それ以上突っ込まない方がいい」

恭也は朝からガッツリベーコンを挟んだベーグルを手に怖いことを言ってくる。

「それ、彼があんたに言いたいかもよ？」

「こ、こらっ、豪くん⁉」

哲郎が落っことしそうなほど目を剝《む》いて、耳まで真っ赤にする。

それを見た豪がキャッキャヤッと笑う。

「えっ！」

もしかして、いや、もしかしなくても、昨夜のあれやこれやが聞こえていたのか――。

顔から火を噴くかと思った。さっきの赤面どころの騒ぎじゃない。

「大丈夫、見てはないから」

豪のフォローは最悪だ。

「ずっと聞いてたわけじゃないから、ねっ」

哲郎のフォローも酷《ひど》い。

「うわあああ」

恥ずかしい。恥ずかし過ぎる。頭を抱えると、鼻歌でも歌い出しそうな恭也に肩を叩《たた》かれた。

「うるさい。さっさと食え」

「は、はい……」

そんな甘い「うるさい」は初めて聞いた。なんだって恭也はそんなに楽しそうな顔をしていられるのだろう。叫んでいたのが自分ではないからか。

これ以上考えると豪と哲郎の顔が二度と見られなくなりそうなので、航太は食事に専念した。

コテージを離れて駐車場に向かう道中、豪にトントンとリュックを叩かれた。

「ちょっと話があるんだけど」

「は、はいっ」

昨日の夜のアレについてじゃありませんようにと願いながら、航太は笑顔を向ける。

豪は一緒に立ち止まった恭也と哲郎をしっしと手で追い払う。

「あんたたちじゃないし」

姫のごとく大の男をあしらう豪みたいな真似《まね》は、航太には到底できそうにない。ある意味かっこいい。

恭也と哲郎と少し距離ができたのをしっかり確認してから豪が歩き出す。航太も彼に続きながら、そんなに聞かれたくないことなのかと、ソワソワしてくる。

「昨日はありがとう。僕、元々皮肉っぽいし、本音で話せる相手は哲が初めてで他にいなかったんだ。だからあんたと話せて、ちょっとすっとした」

「とんでもないですよっ」

まさか改まってお礼を言われるとは思っていなかった。航太はびっくりして両手を振る。

彼らは二人でちゃんと大事なことを伝え合えたのだ。自分の出る幕なんかまるきりなかった。

「カウンセリングみたいなもんって言ってたじゃん。それにああやってあんたと話してなかったら、これまでみたいに僕が文句言い続けて、しばらくあんまり喋《しゃべ》らなくなって、うやむやなまま元通りになって終わってたと思う」

「俺も役に立ったんですね。何だか嬉しいです」

そういうふうに言ってもらえて、心がほわりと温かくなった。優しさや喜びを分けてもらうのは、すごく心地がいいのだ。

「最近、哲以外と話すこともほとんどなかったし、相当、行き詰まってたみたい。なんで旅行なんかＯＫしたんだろって、イライラしてたけど来てよかった」

豪は笑顔で手に持っていたスマホをくるくる回す。ちなみに彼の他の荷物は、哲郎が持っている。

「俺もゲイの友達はいないんです。だからこれからも色々話したりできたら嬉しいです」

豪は、「え？」という顔をする。

ちょっと図々し過ぎただろうか――。航太の困惑が伝わったのか、豪が再び口を開く。

「今のは、プライベートでってこと？」

「え？　もちろんです」

プライベートじゃないときって、いつなんだろう。

ゲイ界隈《かいわい》での専門用語で特殊な意味でもあるのだろうか。

「個人的な付き合いがＮＧとか、そういうのはないんだ？」

「そういうの？」

何だろう。豪が言った言葉に聞き覚えがあった。

考えている航太に、豪はよく分からないことを言ってきた。

「旅行中に気まずくなったら嫌だから、これ、哲郎にはまだ言ってないんだけど、僕もう知ってるから」

「知ってるっていうのは？」

続いて豪が発した言葉に、航太の心臓がドクドクと不快な音を立て始めた。

「あんたたちが便利屋さんだってことだよ」

「――え？」

「哲から、僕には内緒にしてくれって言われてるのも知ってる」

「まさか……」

だって、哲郎は恭也の友達だ。恭也がそう言っていた。

「仲良しカップルでイチャイチャ楽しそうにしてくださいってバカなリクエストしたんでしょ？　極端に人目を気にする必要ないとか、楽しかったときのこと思い出して欲しいからとか、どうせそういうことだと思うけど。逆効果だっていうのにさ」

昨日今日の色々なことが、航太の頭に蘇《よみがえ》り、足元がぐらついた。

「そんなことあるわけが――」

でも豪が嘘をつく理由なんてない。

「ごめんね。わざとじゃないよ。哲がやり取りしてたメッセがたまたま見えちゃって。これまずいかもって思って止《や》めたから、全部は見てないよ」

「あ、ああ……」

とても本当に起きていることだと信じられない。

悪夢みたいだった。だって、それが本当なら、恭也は嘘をついていたのだ。

「人を二人も雇うなんて馬鹿じゃないの？　って思ったけど、哲がそこまで考えてくれてるのが嬉しかった。だから、不安だったけど僕も頑張らなきゃって思ったんだ。それに、どんな人たちが来るのかなってちょっと興味もあったんだ。でも、まさか、本当のカップルが来るなんて――ねぇ、大丈夫？　言っちゃまずかった？」

豪がおろおろしているのを見て、なんとか取り繕わなくてはいけないと思いつつも、航太は気絶しそうなほどパニックになっていた。

「だ、大丈夫です。びっくりして」

「バレたら上司に怒られたりとかしないよね？」

心配そうに眉を下げた豪に顔を覗き込まれ、航太は無理に口角を上げた。彼が心配するような態度を取ってはいけない。

「ないですよ。平気です。あ、二人に追いつかなきゃっ。行きましょうっ」

無理に理由をつけ、航太は豪の先を行く。

信じられない。

信じられない、信じられない。

恭也がこんな嘘をつくなんて――。

あの日、会っていた男の人のことも、信じて我慢しようとして馬鹿みたいだ。

恭也のことが一気に分からなくなった。

平気な顔で嘘をついていたなんて。自分はあの人の何を見てきたのだろう。

昨日、誰よりも近くに感じていた恭也が、急に見知らぬ人になったみたいな気がした。


帰りは、恭也が車の運転をした。

豪がすぐにうとうとし始め、哲郎が肩に凭《もた》れかかってきた彼を優しい目で見詰めているのが羨《うらや》ましくて泣きたくなった。

あまり話をする必要がなかったのは、航太にとって幸いだった。事情を知ってしまった後では、どうしてもぎこちなくなってしまう。

「じゃ、またすぐ連絡するね」

最初に待ち合わせした代々木《よよぎ》駅の東口近くまで戻ってきて車から降りると、道中の昼寝でスッキリした顔の豪が微笑《ほほえ》んできた。

「はい。俺もします」

昨日、同じ場所で会ったときは警戒心の塊だった豪が笑顔になっているのは、航太も素直に嬉しい。それに引き換え自分は、何も知らず楽しみにして浮かれていたのだと思うと羞恥心《しゅうち》すら湧《わ》いてくる。

「若菜君、色々ありがとう。俺からもまたよろしくお願いします」

哲郎は豪の保護者みたいなことを言う。哲郎は、車の中で豪と航太が連絡先を交換していたのも見ていたし、航太が仕事で来ていると思っているなら、豪のために航太を『友達』としてレンタルすることを考えているのかもしれない。

もし哲郎が旅行中、航太に仕事のことを言ってしまったら、恭也はどうするつもりだったのだろう。やたら恭也がべったりだったのは、それを防ぐためだったのかもしれない。

本当に信じられない。

湧き上がってくる疑いと悲しさを押し殺し、表面上は穏やかに恭也と二人で彼らの車を見送った。

自分たちだけになった途端、恭也は眉間に皺《しわ》を寄せた。

「どうしたんだ」

もちろん、恭也が航太の異変に気付かないわけがない。

車の中でも尋ねられたが、眠いと言って誤魔化していた。

彼が納得していないのは航太も分かっていたが、なにせお客さんたちの前だ、恭也もそれ以上は追及してこなかった。

「……」

最初に嘘をついたのは恭也だ。誤魔化したって文句を言われる筋合いはない。

「ちょっと待ってろ。電話してくる」

そう言って恭也は少し離れた。

ああ、またきっと仕事だ。こんな状態なのに、話をするより電話を優先するなんて。せめてもう少し納得のいくような説明をしてくれればいいのに。

やっぱり、彼の生活に自分の入る隙はないのかもしれない。

仕方なく恭也を待つ間にすることもなく、航太は空を見上げた。

グランピング場を去ったときはまだ晴れていたのに、どんどん雲行きが怪しくなってきていた。昨日までの穏やかな空が嘘のようにどんよりしている。手足も冷えてきて、いっそ恭也の電話が終わるのを待たずに勝手に駅に向かおうかと思った。

でも躊躇《ちゅうちょ》しているうちに、恭也が戻ってきた。

「本当に具合が悪いわけじゃないんだな?」

「違います」

「豪に嫌なことでも言われたか？」

「豪さんは悪くありません」

「じゃ、どうしたんだ？」

「……」

答えないでいると、恭也はダウンジャケットからさっきしまったばかりのスマホを取り出した。

時計を確認するような仕草に、航太は傷付いた。

「この後も仕事ですか？」

週末はずっと一緒だと言ったのに、結局、旅行も仕事でこの後も仕事に行ってしまうなんて。いつになったら恭也を独り占めできるんだろう。

「ああ。どうしても――」

「旅行も仕事だったんですよね」

「なんで知ってるんだ？」

恭也は眉を顰《ひそ》める。

「豪さんに聞いたんです」

「なんであいつが知ってるんだ？」

驚くかと思ったが、恭也の反応は腹が立つほど冷静だ。

「どうしてそんなっ……豪さんから聞いて、俺びっくりして……どうしてなんですか？　仕事優先なのは分かってます。でもだからって、こんな……普通の旅行だって思ってたのに……どうして嘘なんかついたんですか？」

怒りと悲しさ、色々な感情が全部ごちゃごちゃで、救いようのない酷い気分だ。

どうして最初から教えてくれなかったんだろう。航太だって人の役に立つことは好きだ。恭也だってそれを知っているのに。恭也と一緒にそれができるなら、もっと嬉しいし進んで協力した。

「それは――」

恭也が腕に触れようと手を伸ばしてくる。航太はサッと身を引いた。

「もっと最悪なのは、それでも俺、連れていってもらえてよかったって思ってるんです。だって、俺じゃなかったら、別の知らない人が恭也さんと……」

嘘の旅行でも楽しかった。そんな二日間を恭也が他の誰かと恋人として過ごすなんて、絶対に嫌だった。溺《おぼ》れそうな苦しさに涙が滲《にじ》む。

「最後になるかもしれないけど、本音を言わせてください」

「最後？」

何か言いたそうな恭也を、航太は無理矢理遮った。

「嫌でした。恭也さんが誰かの『彼氏』になるのが嫌だった」

「航太——」

溜息交じりに名前を呼ばれる。その後に何を言うのか聞きたくない。航太は彼を遮り続けた。

「俺だって恭也さんのお世話になったのに、何言ってるんだって話ですけど。恭也さんの時間が空くときしか会えないからずっと連絡待ってばっかりだし、会えても途中で仕事に行っちゃうし。それでも仕事だから、割り切るべきだって思ってたのに。でも、こんな……こんなふうに嘘つくなんて。知らない男の人と出掛けてたときだって、信じようと思ったのに——」

「おい、ちょっと待て。知らない男？　何の話だ」

一方的に捲《まく》し立てて涙を拭《ぬぐ》う航太を見て、さすがに恭也も狼狽《うろた》えている。

「偶然見たんです、かっこいい男の人と恭也さんが錦糸町《きんしちょう》でベタベタしてた。心当たりもないみたいな顔、酷いですよっ」

ここまで言ってしまったら、もう本当に恭也とは終わりになってしまうかもしれない。

でももう後には引けなかった。

「あれって『彼氏』の仕事だったんですか？」

とどめを刺されるのを覚悟で尋ねたのに、恭也は何を考えているのか分からない顔で黙って航太を見返している。

「イエスかノーで済みますよね？」

『彼氏』の仕事だったと言ってくれれば済むことなのに。言わないということは、もう悪い理由しか浮かんでこない。

「ねぇ、どうして何も言ってくれないんですか？」

握り締めた拳《こぶし》が痛い。頬を涙が伝う。もう本当にだめかもしれない。

初めて好きになった人、初めて付き合った人、こんなに大きくなった気持ちが怖かった。もし恭也を失えば、この想《おも》いはどこへ持っていけばいいのだろう。

「うっ……うう……」

「泣くなよ」

俯《うつむ》いていると、恭也はそっと航太の腕を撫でながら囁《ささや》いてきた。

「嘘はついてない。今度、全部説明する」

頬の涙を拭われて航太は後ずさる。

人の往来は多くない場所だが、だからこそ、もし誰か通れば、こんなところで重い空気で立ち止まっている男たちを見たらぎょっとするだろう。だが、恭也は構わず航太の両肩を摑《つか》んでそばに引き寄せた。

「頼むから、少し待ってくれ」

ここにきて懇願するような口調でそんなことを言うなんて、ずるいだろう。

それでも航太は恭也が好きだから、立場は弱い。

「なんで今度なんですか？　そんなのすぐに――」

「悪い、アポがあるんだ。さっきキャンセルしようとしたけど、都合がつかなかった。後で絶対連絡する」

まただ。結局、この繰り返しなのだろう。

その日の夜遅く、恭也からメッセージが届いた。

『近々、時間を作る』

恭也を信用できない今、待つのもお預けを食らうのも、もう耐えられそうにない。説明されたって、こんな状態でうまくやっていけるだろうか。

しばらく悩んだ末、航太は返事を書けないままスマホを放り出した。


旅行から帰った翌日から、毎日のように大学に通う生活が戻ってきた。

「若菜、今日は午後から自由だぞ、自由っ。昼飯どうする？」

講座が半日の日だから、友人の機嫌はすこぶるいい。春休み中だから公務員試験対策講座を受けていなければもっと自由なのだが、彼だけじゃなく、みんな感覚が麻痺《まひ》している。

「ごめん、お昼は約束してて」

恭也からのメッセージには返信できていないまま、もう五日も経《た》ってしまったが、豪とはその間もちょこちょこやり取りをしていた。今日はこの後、豪と校内のカフェレストランで待ち合わせをしている。

金曜日の一時前、ランチタイム真っただ中だが春休みなので飾りっ気のない店内は人もまばらだ。店内を見渡すと、柱のそば、奥のテーブルにスウェット姿の豪を見つけた。スウェットといっても、家でゴロゴロする用じゃない。ものすごくオシャレっぽいやつだ。

「お待たせしました」

「ううん、今来たところ」

豪は旅行中にも着けていた耳当てを外し、テーブルに置いた。

豪は、四月からの復学に向けて引き籠《こも》りの克服に勤《いそ》しんでいる。旅行の後、近所に哲郎と買い物にも行ったらしい。

しかし、自分の大学はまだ行きづらいと言うので、航太の大学に誘ってみたのだ。校内なら男が二人でいても、なんら珍しくない。

「電車、大丈夫でした？」

顔色は悪くない。きっといい返事が返ってくると思いながら、航太は荷物を椅子に置いて、豪の向かい側に腰を下ろす。

豪の住んでいる場所を聞いたら、航太の大学から小一時間程度だった。それならちょうど十二時頃に移動できるので人も少なくて、彼も電車に乗りやすいかもしれないと思ったのだ。

「うん、聞いてた通り空《す》いてたし割と平気だった」

航太はほっとして胸を撫で下ろす。

「電車、半年ぶりなんですよね、すごいですよ」

それでも豪はまだ落ち着かなそうに両手を擦り合わせながら、きょろきょろとしている。

「今更だけど、よその大学に入ってよかったのかな？」

「怪しかったら門で止められてると思いますよ。地域の人も散歩に来たりしてますし」

「あーそういや、うちの大学でも絵を描きに来てるお年寄りたちいたっけ……でも私立と国立って違うよね」

「だったら、国立は国の施設なんで、私立の方が出入りは厳しいはずですよ」

「そっか。やっぱり頭いいよね」

ようやく安心したらしい豪と二人で、昼食を調達しにカウンターへ行った。

「本当、色々ありがとうね」

「いえ、気にしないでください。俺も気分転換したかったんです」

豪は総菜と焼き魚、みそ汁にご飯という意外なチョイスだった。

「国立だからなの？　すごく安くてびっくりしちゃった」

「学食ってどこもこんなものだと思ってました」

航太は固いプラスティックの椅子に座ると、お気に入りの竜田揚げを頬張った。

「哲に僕が便利屋さんのこと知ってたって打ち明けた話したよね」

「びっくりしてたんですよね」

豪と会うなら、この話が避けられないのは分かっていた。

仕事だとは知らなかったと話すべきか——いや、でもまだ本調子ではない豪の話を聞くことに集中した方がいいだろう。

「哲もよく思いつくよね。友達のふりしてもらうなんて」

「愛されてますよね」

豪の幸せそうな顔を見て、航太も嬉しくなると同時にチクリと胸が痛んだ。

旅行に行った四人の中で、自分だけが本当のことを知らなかった。本当なら豪も知らないはずだったのでそれは恭也のせいじゃないが、ピエロみたいで恥ずかしい。

「ねえ、それはそうと、敬語はもういいよ。四月から同じ学年だよ。一人だけ浮きそうで今から憂鬱《ゆううつ》になるし、本当、普通に喋って」

上目遣いで箸《はし》を咥《くわ》えて口をへの字に曲げている豪は随分幼く見えて、そんなことを言っても全く説得力がない。

「分かった。じゃ、敬語なしで。大学なんていろんな年齢の人がいるから絶対大丈夫」

浪人している人なんてざらにいるし、二年生だと言っても違和感がない、とまでは言わないでおいた。

「ありがと。年齢で思い出したけど、旅行の前に打ち合わせして色々話してたんだって？　設定とかも決めるんだね。恭也さんと哲がタメ口にするか敬語使うか話し合いで決めたって聞いて、笑っちゃったよ」

それは航太も知らなかった。サラダで故意に口をいっぱいにし、何とか笑顔を作るだけに留《とど》める。面白い話なのに、今は心から豪と一緒に笑えないのが申し訳なかった。

丁寧に焼き魚をほぐしていた豪が、ふいに手を止めた。

「ねぇ、まだ言ってくれないの？」

「え、何を？」

日曜日のデジャヴだ。便利屋の仕事だと知らなかったから嚙み合わなかったことを思い出す。

彼は労《いたわ》るように微笑んでくる。

「仕事だって知らなかったんでしょ？」

「だ、誰がそれを!?」

箸を置いて頭を抱えたくなった。また自分だけが置いてけぼりで何も知らされていない。

「哲からだよ。恭也さんと話したんだって」

「聞いてない」

恭也だって、それくらい電話でも何でも話してくれてもいいのに。ついにテーブルに両肘をつき、航太はこめかみを揉んだ。

「帰りに挙動不審だったのは、あんたも知らなかったからだったんだ、ごめんね」

豪は申し訳なさそうに両手を合わせる。

「いや、俺も恭也さんが急に友達と旅行って言い出した時点で、おかしいと気付くべきだったから」

後々振り返ると、色々違和感を覚えていたことに、全部意味があったのだということがいくつも出てきた。

「それってあんたの彼氏、友達いなさそうって意味？」

豪がクスクス笑う。

「あー、じゃなくて、いつも忙しい人で……」

図星なのだが、恭也のために言わないでおいた。しかし、あまり意味がなかったらしい。豪はしたり顔で頷《うなず》いた。

「恭也さんって変わってるもん。僕も人のこと言えないけど」

「そ、そんなことは……」

航太は苦笑した。ちょっとくらい思ったことが顔に出ないようにしたい。出してるつもりもないので、どうすればいいのか皆目見当は付かないが。

「あんな人に溺愛《できあい》されてると大変だね」

飲んでいた汁物で噎《む》せそうになる。明らかに好きが重いのは航太の方だ。

「あれは仕事だからベタベタしてただけで――」

「僕があんたのことカッコイイって言ったときも二人で話してたときも、あの人、目つきがこんなだったよ。哲のバカなリクエストは関係ないんじゃない？」

豪は丸い自分の目の横の皮膚を指で引っ張り上げた。最悪の気分じゃなければ、笑っていた。

確かに恭也は気に入らないことがあるとそんな顔をする。

「いや……第一、カッコイイって恭也さんに言ったんだよね？」

恭也だって豪の言葉が向けられていたのは自分で、航太はついでだと分かっているはずだ。

「はぁ？　二人共そんな目で見てないけど、もしどっちか選べって言われたら、断然あんたを選ぶよ」

「えええ？　あり得ないっ」

どう考えても恭也一択だろう。航太は目を剝いた。

「惚気《のろけ》てんの？　恭也さんってカッコイイよ、すごくカッコイイ。でも面倒くさそうじゃん？　自分で言うのもなんだけど、あの面倒くささは、僕と同じニオイがするんだよね」

「め、面倒くさい？」

あんなにかっこよくて何でもそつなくこなす人を、面倒くさいと言うなんて。航太はずっと上を向いてついて行く気持ちで接していた恭也が、豪にはそんなふうに見えているなんて不思議だ。

「同族嫌悪かな？　あんたの方が話しやすいし優しいもん。僕がキレたとき、哲と恭也さんがお菓子持って来てくれたじゃん？　あれだって、恭也さん『ずっと二人きりにするのはよくないだろ。食べ物で釣って航太を連れ戻す』って哲に言ったらしいよ。あいつ、なかなか面倒くさいって。分かった？」

「……」

航太は絶句した。

それもキャラ設定じゃないのか。

あいつ呼ばわりされたのは恭也のはずだが、航太の知っている恭也と同一人物なのだろうか。

「とにかく、そんなわけだから。やっぱ話しておいてよかった。僕たちの恩人が拗《こじ》れちゃうなんて、最悪だもん」

「そう言ってもらえて嬉しいけど、俺は仕事だってことすら知らなかったし、特別なことは何も——」

「だから尚更《なおさら》だよ。僕の態度が悪くても話しかけてくれたし、話も聞いてくれたじゃん。あんたの彼氏のこと、面倒くさそうなんて言っちゃってごめんね。あんたと知り合えたのも、あいつのお陰だもんね。すごいよね、彼氏彼女のレンタルっていうのは、何かで見たけど、ああいうのってどうせノンケ向けでしょ。ゲイのカップルと旅行してくれるなんて……こんなことまでしてくれる仕事があるって初めて知った」

「う、うん……本当にすごい人なんだ」

そうだ、それが航太の知っている恭也のやっていることだ。冷めているふうにしか見えないのに、日の当たらないところで立ち止まっている人たちにさらっと手を伸ばす。

航太が頷くと、豪は飛び切りの笑顔を浮かべた。

「助けてくれてありがとう。これからも友達でいてね」

「もちろん！」

この五日間心に巣食っていた霧が、すっと晴れていくような気がした。

それから二時間ほど豪と喋って、また春休み中に会おうと約束をして駅で別れた。

一人になってから、航太は最初に恭也を頼ったときのことを思い出した。

どこに頼んだらいいのか分からないこと、人に話せない悩み、そして試してみたいこと、恭也はそんな物事を抱えた人に手を差し伸べる仕事をしている。

それこそが恭也のやりたいことなのだ。

――ああ、あんなふうに嫌だなんて言うべきじゃなかった。

あんな言い方じゃ、試すようなことをして関係が壊れかけていた豪と哲郎と同じだ。

言いたいことを言うのは大事だが、ただぶつけるような真似をしてはだめだ。ちゃんと心の内を話し合わないといけなかったのに。

まだ恭也が嘘をついたことや錦糸町の男のことに対する怒りや不信感は拭えていない。でも救ってもらった自分が、彼の大事にしてきた思いを蔑《ないがし》ろにしてしまうようなことを言ってしまったなんて最悪だ。

航太は電車を待ちながら、恭也にメッセージを入れた。

「怒ってるかな……」

ずっとなんて言えばいいか分からなくて、返信を先延ばしにしていたから少し怖い。その日のうちに返信がないことなんてざらにあるが、連絡があったらどんな時間でもいい、少しでも会いたい、早く話したい。

——もっと早く、なんでもいいから返事すればよかった。

祈るようにスマホを両手で握り締めた途端、バイブが鳴り思わず落っことしそうになった。

「うわっ、恭也さんっ」

ディスプレイの彼の名前を見て、航太は急いで通話ボタンを押す。

『どこだ？』

「え？」

一瞬の間になんて話を始めたらいいのだろうと頭をフル回転させながらドキドキしていた航太は、何を言われたのか分からず目を瞬《しばたた》いた。

『対策講座、今日は昼までだろうが』

「う、うん」

春休みのスケジュールはだいたい一緒だし、恭也にも話したことはある。まさかとは思うが、それを覚えていたのだろうか。

『早く帰れ』

「へ？」

『「え」だの「へ」だのうるせぇ、早く帰れっつってんだっ』

そこで通話は途切れた。怒っている。なんで最初に謝らなかったのだろう。咄嗟《とっさ》に言葉が出てこなかった。

かけ直すべきか迷っているうちにやって来た電車に乗って、恭也に言われた通り家路を急いだ。

5

電車の中で、恭也《きょうや》に謝罪のメッセージを打ったが、返事がないまま最寄り駅に着いた。

あの電話は何だったんだろうと、それぱかり考えながら航太《こうた》は真っ直《ます》ぐアパートに戻り、自分の部屋がある四階までの階段を昇っていく。

いつもは一階のポストを確認するのだが、気もそぞろですっかり忘れていた。戻る気にもなれず四階まで辿《たど》り着くと、ふと、自分の部屋の前に何かあるのに気が付いた。

いや、人だ。

「うわああ」

「うるせぇ、叫ぶな」

航太の部屋のドアに背を預けてしゃがんでいたのは、恭也だった。

「なんで!?」

平日の夕方、まだ五時にもなっていない。こんな時間に恭也が自分の家の前に居るなんて、考えもしなかった。

「声を落とせ。変質者扱いされるだろ。ただでさえ、お前が遅いからジロジロ見られた」

航太は信じられない思いで恭也を見上げる。学生ばかりの狭いアパートの廊下に、恭也は背の高さだけじゃなくて、オーラのようなもので、なんだか嵩張《かさば》っている。

「なんでこんな所にいるんですか？」

「お前が帰って来ねぇからだろうが、クソガキ」

腕を組んだ恭也は、目を吊《つ》り上げて睨《にら》んでくる。連絡もなしに訪ねてくるなんて、一体どうなっているのだろう。聞きたいことはいっぱいあったが、何よりもまず伝えたいことがある。

「あの、ごめんなさい！　日曜日に酷いこと言ってそのまま連絡も返さなくて、俺、すごく勝手でした。本当にごめんなさい」

「いや、俺もあの日はあんなお前を置いて仕事に行って悪かった」

航太は頷いたが、どこから話していいのか考えがまとまらず、すぐに何も言えなかった。恭也も同じなのかもしれない。ドアの前で二人共俯いたまま、しばらく沈黙した。

ややあって恭也がわざとらしく咳払《せきばら》いをし、緩くうねる髪をかき上げて口を開いた。

「あー……ここまで来ておいて今更だけど、話せるか？」

「は、はい、俺も話したくて。――入ってください、狭いですけど」

航太は急いでリュックの定位置のポケットから鍵を取り出し、半畳あるかなしかの玄関に恭也を招き入れた。

「暖房つけますね。適当に座ってください」

部屋にはベッドとホットカーペット、小さなテーブル、あとは本棚くらいしかない。航太は急いで乱れた布団を整えて、皺を伸ばした。

「すみません、ソファも何もなくて。ベッドですけど……」

コートを脱いでジーンズにセーター姿の恭也は、航太が整えたベッドに座らずカーペットの上に腰を下ろした。

「大学んときに住んでたボロ家と比べたら天国だ」

「そんなにひどかったんですか？」

航太も彼の隣に膝をついた。初めて聞く話に興味津々《しんしん》だ。

「ああ。国公立に行くつもりが私大になって、とにかく余計な金を使いたくなかった」

「そうだったんですか……」

航太は医学部に入れなかったが、恭也にも同じような経験があったのかと声を潜めるとじろりと睨まれた。

「おい、国公立に落ちたんじゃねぇぞ、逆だからな。経済学部だとうちの大学が一番よかったんだ」

「恭也さんの出身大学って――」

大学名を聞いてみると、予想通りの答えが返ってきた。塾講師をしている航太は、ランキングもチェックしているのでよく知っている。なるほど国公立と合わせても、経済学部だと偏差値はおそらく日本一、何より、校風が恭也に向いている。

「え、えええ……恭也さんって勉強もできるんですね！　すごいです！」

最初に会ったとき、大学や兄たちの話をさらっと受け止めてくれたのも納得だ。

「お前、大概うるさいな。狭いとこで叫ぶな」

恭也に腕を引っ張られ、膝をついた中途半端な姿勢だった航太は、彼の腿《もも》の上に倒れ込んだ。

「お前の所と大して変わんねぇだろ、どこの大学でも出たら同じだ」

「変わらないって、いえ、だって、そんな……あ——温かい飲み物でも用意しますね」

自分も大学名では色々言われたくないのに、ついびっくりして質問攻めにするところだった。

「いや、いい。それより寒い」

恭也の腕に抱き寄せられ、航太はちょうど彼の脚の間に収まった。

「う、うん……」

航太は恭也の肩を抱くように両腕をまわす。頰に当たった彼のセーターはコートを上に着ていたにもかかわらずすっかり冷え切っていた。どれくらい待ってくれていたのだろうか。彼の身体を温めようとぎゅっと力を籠めた。

「もしかして、俺の講座が終わる時間覚えてたりします？」

「だったらなんだ？」

「ずっと待っててくれたんですか？」

肩口から頭を上げて恭也の顔を見ようとすると、彼の手が航太の頬に添えられ明後日《あさって》の方を向かされた。

「五日も返事を寄越さなかった奴がガタガタ言うな」

口調はツンツンしているが、へそを曲げている感じに聞こえた。恭也は怒りこそすれ気にしないだろうと思っていた航太は、少し驚いて頬に添えられた手を摑む。

「無視したわけじゃないんです。なんて返事すればいいのか分からなくて」

「お前がそう思うのも無理はなかったよな」

顔を伏せた恭也は殊勝な態度で呟《つぶや》いた。

恭也が理解を示してくれたことに勇気づけられた航太は、彼から離れると膝を突き合わせて座り直した。

「俺、ずっとモヤモヤしてることがあって……」

「ああ、言ってくれ」

真正面から恭也が頷いてくれる。

「どうして旅行のこと、話してくれなかったんですか？」

「仕事だって黙ってて悪かった。騙《だま》したりするつもりはなかったんだ。でもな、仕事だって言ったらお前、顔に出るし態度にも出るだろ。後から話すつもりだった」

「う……」

　そう言われたら否定はできない。事前に聞いていたら一緒に色々考えて協力できたのに、と思っていたが、本当なら豪は何も知らないはずで、悟られないように芝居めいたことをしないといけなかったのだ。確かにそれが自分に向いていないことは分かる。

　それでもまだすっきりとはいかずに黙っていると、恭也が手を握ってきた。

「でも悪かった。旅行の前には言わないという選択をしただけだったが、お前にとっては嘘でしかなかったな。もう二度としない」

「うん……ありがとうございます」

　彼の仕事を考えれば、言わない選択をすることや言い方を工夫することも必要であることは航太にも分かる。

　いや、彼の仕事だけじゃない。多分、どの仕事でもそういう大人の流儀はあるのだろう。

「それから？　この際だ、他に気になってることは？」

　握った手を恭也が軽く揺さぶってくる。

　航太も次に会ったときには、もう全部話そうと決意していた。

　でもいざとなると怖い。切り出すまでに少し時間がかかった。

「――前に、俺が錦糸町で見た恭也さんと一緒に居た男の人、あれは誰なんですか？」

「その件か」

恭也は心得ていたように頷く。

「お前が誰のことを言ってたのか分かった」

航太はごくりと喉を鳴らす。あんなにかっこいい人といて、すぐに誰のことだか分からないなんて、一体、どういうことなのだ。

恭也は、あやすように再び繋《つな》いだ航太の手を揺する。

「お前が見た奴はな、仕事だ。あれは研修だ」

「研修……？」

「そうだ。『彼氏』の研修。あいつだけじゃない。他にも何人かやってるし、仕事で毎日あちこち移動してるから場所を言われてもピンと来なくてな」

あれが研修。デートが仕事だからデートが研修で、頭がごちゃごちゃになりそうだ。

「仕事？」

「ああ。俺の話はそのことも関係ある。その前に、他には腹に溜めてることはないか？」

ぐっと顔を近付けてこられ、航太は混乱したまま目を泳がせた。

「ちゃんと聞くから、何かあるなら言ってくれ」

真摯《しんし》な態度に、航太は深呼吸を一つして腹を括《くく》った。

「ごめんなさい。恭也さんが『彼氏』の仕事をするのが嫌だって言ってしまったことなんですけど、さっき豪さんとうちの大学でランチして――」

「あ？」

　予想と違うところで恭也が口を挟もうとするので、今度は自分から彼の手を握り返して制した。

「俺、やっぱり恭也さんが知らない人の『彼氏』をするのは嫌です」

「そのことは――」

「最後まで聞いてください」

　肝心なことをまだ伝えられていない。航太は申し訳なく思いつつ、恭也の言葉を遮った。

「今日豪さんが、助けてくれてありがとうって言ってました。こんなことまでしてくれる仕事があるって初めて知ったって。恭也さんのお陰で救われる人がいるんです。だから嫌だけど、やっぱり辞めて欲しくないんです」

　黙って航太の話を聞いていた恭也は、目を細めて首を傾げると顎を擦《さす》った。

「お前、言ってることが支離滅裂だろ」

　それは航太も分かっている。でもどちらも本心だ。

「分かってます。だから……やっぱり恭也さんが誰かの『彼氏』をしてるんじゃないかって思うと嬉しくないし不安だから、俺が何か聞いたりしても怒らないで欲しいです。あと、あんまり会えなかったら、会いたいですって言うかもしれないです。それから、できたら、俺より素敵な人がいても他の人を好きにならないで欲しいです」

無茶苦茶だと思う。それにわがままだ。航太は呆《あき》れられるのも覚悟で唇を噛み締め、恐る恐る恭也を見上げた。

「無理だ」

「無理？」

逡巡《しゅんじゅん》すら見せずの即答。航太はあまりのショックに恭也を見詰めたままポカンと口を開いた。

「じっと見んな」

恭也にガシッと肩を掴まれて、くるっと身体を回転させられたと思ったら、背後からしっかりと抱き竦《すく》められた。

ふっと溜息を一つつき、恭也は航太を抱いたまま口を開いた。

「仕事の話が出る度にレンタルの仕事じゃねぇのかって気にして、しょぼくれてるだろ？」

「し、しょぼくれてなんか……」

「嫌だっつったのは誰だ」

「う……」

「言わなくても、顔を見れば分かるんだ。分かってた。俺はお前のそういうところが好きなんだって言っただろ」

恭也の声音に真剣さが増し腕に力が籠る。

「お前が……しょぼんとしたり不安そうにしたりしてる顔が、可愛かった」

「え？」

言っていることがよく分からない。航太が恭也を振り返ると、彼はきまり悪そうに呻《うめ》いて額に手を押し当てた。

「お前は何でも顔に出るっていつも言ってるだろ？　俺が仕事の話をすると寂しそうにしたり悲しそうな顔したりするだろ。このガキは、本当に俺のこと好きなんだなって――」

「っ……恭也さん⁉」

航太は呆れと怒り、それ以上の嬉しさに顔を赤らめ、恭也の腕に一発パシッと食らわせてやった。今回はそこそこ力を入れたのに、恭也は微動だにせず頭を下げてきた。

「今まで悪かった。もうお前を試すようなことはしない。だけど、私生活のことで仕事に妥協するのは主義に反する」

「分かってます。だから――」

「最後まで聞け」

唇に恭也の指が押し当てられた。

「旅行の話が来て、誰か連れて行かないといけねぇなってなったとき、他の奴と組みたくなかったんだよ。だから、何も言わずにお前を連れて行って、後で話せばいいと思ったんだ」

理由はさっき聞いたし、納得はしたものの一言、言わせて欲しい。

「俺にバイトさせる気はないって言ってたじゃないですか」

「うるせぇ。だからだ、お前が見た錦糸町か？　研修の件だ。後任を急いで探してた。俺はもう『彼氏』の仕事はしない」

「辞めちゃうんですか？」

恭也だって、仕事は妥協しないと言ったばかりなのに、なぜ。

「辞めて欲しかったんだろ？　でもお前のせいじゃない、俺の意思で辞めた。現場は嫌いじゃねぇし、『彼氏』以外の仕事なら受けるが、そもそも経営が俺の本業だからな。ジェンダーで仕事を選ばない奴がいれば、恋人業は回せる。それでだ――」

そこで一旦言葉を切った恭也は、一際、神妙な顔で切り出す。

「言うのが遅くなって悪かった。これから俺はシフト制で出勤する。週休二日を目指す。基本的にな」

「ほ、本当に？　でも基本的って……」

今までいつ休んでいるのかもよく分からなかったのに。休めるのだろうか。

航太の視線を受けて、恭也は言い訳がましく口を開く。

「今までは休む必要がなかった。資格の勉強や運動は合間の時間を見繕えば済んだし、他にすることはなかった。会社を大きくするためにはそれで構わなかったんだよ。でもお前がいたらそういうわけにはいかない。お前だって、試験だ就職だと色々忙しくなったら、俺の都合に合わせるわけにはいかねぇだろ。今度は俺が合わせる」

「考えてくれてたんですか？」

航太が目を丸くしていると、恭也は口の片端を上げて自嘲《じちょう》めいた笑みを浮かべる。

「信用ねぇな。俺だって、それくらい考えてたんだよ」

ちゃんと伝えられずにいたことまで、先のことまで、恭也が自分とのことを考えて見据《みす》えてくれていたことに胸が熱くなる。

「ありがとうございます。四年になったらどうなるんだろうって……しばらくずっと試験だろうし、いっぱい不合格になるだろうし、バイトや卒論もあるし」

「大丈夫だ、試験に落ちても死にはしない。そんなもんはどうにでもなる。今度は俺が支えてやるから」

恭也が髪を撫でてくれる。うんと答えて彼に身を寄せようとしたところで、航太はあることを思い出した。

「あ！」

「なんだ？」

「前に、友達と食事してたとき、電話くれたじゃないですか。あのとき、なんで何も言わずに切ったんですか？　恭也さんがなんで怒ったのか分からなくて……」

それを聞いた恭也は、膝に肘をついた手で目元を押さえた。何やら思い当たることがあるらしい。

「……イラついたんだ。お前が友達とベッタベタ楽しそうに飯食ってるから悪いんだろ。前のデートが最悪なとこで終わったから、あの日は何とか時間を作ってな、家に誘う気だったんだ」

「なんで言ってくれなかったんですか？」

　思わず声が大きくなる。言ってくれさえしたら喜んで会いに行ったのに。

「友達だか何だか知らねぇが、他の男とベタベタしてたからだっつってんだろ。嫉妬《しっと》だ、嫉妬。これでいいか？」

　チッと舌打ちして、恭也は天を仰ぐ。

　航太は開いた口が塞《ふさ》がらない。いつベタベタしたというのだ。それこそ全く身に覚えがない。

「と、友達ですよ？　女の子が好きな男です」

「お前が女に興味がないことは知ってるから、お前に惚《ほ》れてた女と出掛けても何も言わねぇだろ。でも男は男だ」

　航太は意味が分からず困惑した。

「ただの友達でも？」

「夜な夜な二人で飲んで触らせてんじゃねぇぞ」

「触られ？　触られたかどうかも覚えてないですし、だとしても、ただの酔っぱらいで何の意味もないのに?」

「出掛けるなとは言わねぇよ。けど、男でも狙《ねら》われるってことは分かっとけ」

綺麗《きれい》な目が、じいっと圧を掛けるように見詰めてくる。そんな人は現れないと言ったところで無駄だと察し、航太は頷いた。

恭也はご褒美《ほうび》のつもりか優しくキスを一つ唇に落としてくれる。

うっとりして目を閉じると、再びそっとキスをされ、きつく抱き締められた。

「恭也さん……」

彼氏になってもらえたときは、もうこれ以上、幸せなことはないと思っていた。だけど、あのときよりももっと深く心が通じ合った今、もっと幸せだ。

恭也の求めに応じ、航太は進んで彼の舌を受け入れ深い口づけを貪《むさぼ》る。何度もキスを繰り返していると、頭がふわふわして全身が熱くなる。夢見心地でいると恭也が唐突に身を引いた。

「バイト代、受け取る気になったか?」

「え?」

「旅行で休む分、埋め合わせだって渡した金のことだ」

「あ、あれってそういう……」

心底呆れた。妙なところで律儀というかなんというか……。

「受け取るわけないじゃないですかっ」

航太は恭也の腕をふざけてバシバシ叩いてやった。

「分かった、分かったからやめろ」

恭也は航太の頭を摑まえると、蕩《とろ》けるように静かで甘いキスをしてくれる。そっと侵入してきた舌が、ふわりと口腔《こうこう》をまさぐり吸い付くようなキスに変わる。恭也が体重をかけてきて、航太はカーペットの上に背を預けた。

相手の体温に包まれながら口づけを繰り返しているうちに、下肢がジンジンしてくる。恭也も同じ気持ちかどうか確かめたくなり、自分から腰を浮かして彼に身体を押し付ける。コリコリと硬くなった彼自身に自分のものを擦り付けた。服が邪魔で思うような刺激が得られないこのもどかしい時間も航太は好きだったりする。

「したい……」

前回あれだけ色々びっくりするようなことをしてきたくせに、恭也は羽のようにソフトなタッチで服の下に手を入れて肌を撫でてくる。

「くすぐったいよ」

航太は耐えきれず身を捩《よじ》った。

「この間、やり過ぎただろ。これでも反省してるんだ」

恭也は話しながら、軽いキスを首筋や耳元に丁寧に落としていく。航太は優しい刺激にゾクゾクして背を仰《の》け反《ぞ》らせた。

「んっ……あ、家、何もないけど、大丈夫ですか?」

服を脱がしにかかる恭也にそう告げた。彼は何の話だと聞き返すこともせずあっさり答える。

「ズボンのポケット」

「え?」

航太は彼の引き締まった尻に手を滑らせる。

「そっちじゃない」

横のポケットに手を移動させると、話が通じていた証拠にゴムとローションがあった。

ベッドに移動し、服を脱がせ合うと抱き合って互いの肌をまさぐり合う。その感触、肌の匂いが航太は好きだ。そうして互いの鼓動を聞きながら口づけ合い、ついに恭也の手が濡《ぬ》れた茂みを撫でて蜜《みつ》を垂らす雄に辿り着く。

「ふっ、あっ……」

待ちに待った愛撫《あいぶ》に震えながら、航太も彼の雄を握り手を上下させる。でもすぐに快感に負けて愛撫の手が覚束《おぼつか》なくなってしまう。

「ま、待って」

してもらうばかりじゃなくて、恭也にももっとよくなって欲しい。航太は意を決して身を起こすと、彼の脚の間に顔を埋め、反り返った屹立《きつりつ》に口づけた。

「おいっ……」

恭也は驚いたように息を詰めるが、航太は構わず納まり切らない彼の雄を口いっぱいに頬張った。少し苦い味が口の中に広がるが、全然嫌じゃない。頭を上下させ、舌で亀頭の割れ目を突いてみたり舐《な》めまわしたりしながら吸ってみる。

もうこれ以上硬くならないだろうと思っていた恭也の雄が、口の中で硬度を増す。それが嬉しくて夢中になっていると、髪を撫でたり首筋を滑っていたりした恭也の手が、ふいに肩を摑んだ。

「航太っ」

それでも彼を夢中にさせたくて続けていると、喉の奥を思い切り突いてしまい苦しくなった。

「んっごほっ……」

「無理するな」

「下手ですよね……すみません」

悦《よろこ》んでもらいたいのに、してもらったときに想像していたより、ずっと難しくてぎこちなくなってしまう。そんな航太を宥《なだ》めるように恭也は優しく口づけてくる。

「いや、すごくいい。いいからお前が欲しくなる」

再びのしかかってきた恭也に脚を開かされて、蕾《つぼみ》にたっぷりとローションを塗《ぬ》りこめられた。

「今日はちゃんと優しくするからな」

前回のことを気にしているのか、恭也はたっぷり時間をかけて航太の身体を慣らしていった。

「んっ」

既に快感を教え込まれた秘部は、抜き差しする指を逃すまいと咥《くわ》え込み始める。彼を迎え入れるために押し広げられていくと思うと、堪《たま》らなく切ない。

「き、恭也さん」

早く来て欲しい。ちょっときつくてもいい。コンドームを着けた恭也が屹立したもので後腔を撫でてくると、我慢できずに自らの手を添えて彼に挿入を促した。

「焦《じ》らさないで……」

「っ……航太っ」

覆い被《かぶ》さってきた恭也に正常位の姿勢に持ち込まれると、一番張った部分が粘膜を押し広げ体内に竿《さお》の部分まで誘い込む。

「ああ……」

航太は目を細めて仰け反った。もう少しでイってしまいそうなほど気持ちがいい。

「気持ちいいか?」

「いいっ……もっとっ……強くしてっ」

最初ゆっくりと始まった抽挿《ちゅうそう》がどんどん大胆になり、航太の快感とシンクロするように激しさを増す。

「イきたい?」

低く呻くように恭也に尋ねられて、航太はぶつかるような口づけで答えた。

胸を合わせるように身体を揺さぶられ、恭也の手が航太の屹立を擦り上げる。

「ああっ……イくっ……！」

そこからいくらも保たずに、恭也の手に白濁を散らした。同時に一際激しく揺さぶられ、果てた恭也が体重を預けてきた。

見慣れた自分の部屋、いつものベッドなのに、熱気と互いの乱れた呼吸で満たされて特別な感じがした。

恭也は、終わってからも腕枕をしてくれて身体を撫でながら軽いキスを繰り返した。

「今日は本当に優しいんですね」

航太は冗談交じりにそう言って、恭也の身体をぎゅっと抱き締めた。だが彼は不本意そうに呻き、航太の髪をかき混ぜる。

「どこがだ。結局、態度も言葉遣いも変わんねぇだろ。直そうとしてたのにこれだ」

「いつ？」

驚いて声を上げる航太に、恭也はきまり悪そうに目を閉じた。

「旅行中からだ」

「仕事だからじゃなかったんですか？」

「最初はそうだった。けど、お前、哲郎が優しくていいとか言っただろうが」

「いや、それは……」

確かに言ったが——航太は恭也の胸にうつ伏せで乗っかった。

「二人の関係が羨ましいなって思ったんです。豪さんが何でも言いたいこと言って、哲郎さんはそれを受け入れて。でも、そう見えてるだけで、二人はちゃんと大事なことを話せてなかったから……」

「そうだな」

恭也も静かに頷いた。

航太はそっと彼の胸に頬を擦《す》り寄せた。

「恭也さんは、恭也さんのままでいてください。話は聞いて欲しいですけど、俺の言う通りに何でもして欲しいとか、そういうことじゃないんです」

だからお前と言われようがクソガキ呼ばわりされようが、別に嫌じゃない。自分の方を向いていて欲しいけど、同時に航太は、クールに見えて人を助けることに信念を持って仕事をしている恭也に恋をした。

「大好きです、すごく好き」

「あ？　ああ、同じくだ」

「同じく……」

そのままでいて欲しいと言ったばかりだが、なんだか事務的なその返しについてはちょっとどうかと思う。航太は顔を上げて恭也と目を合わせた。

「何だ、その目は、俺にも言えって言うのか？」

　勘弁してくれと言いたげに唸《うな》りながら、恭也は航太を引き寄せる。

「俺も好きだ、すごくな。お前が思ってる以上にな。クソッ」

「ク、クソは余計です……うわ、恥ずかしい」

　急に実感が湧いてきて、航太は恭也の胸に額を押し付けたまま赤面した。

「は？　お前が言うなよ。ああ、それからな、お前も俺に変な気を遣うのは止めろ。家族の話だってしてくれていいし、聞きたいことがあれば聞け。口が悪いのは気にするな。すぐには直らない」

「うん、うん分かった。恭也さん、ありがとう」

「ああ」

　しばらく、恥ずかしさもあってお互いに顔を見ることができずそのままきつく抱き合っていた。

「航太、続きは後にして映画にでも行くか？」

「映画？　今から？」

　もちろん嫌ではないが、なんで急にそうなるのだろう。今からなら夕食が妥当な時間だ。

「飯以外でデートしてないって豪に話したらしいな？」

「なんで知ってるんですか?」

航太は記憶を辿る。旅行中に豪と話したのは確かだが、恭也が聞いていたとは思えない。豪から哲郎、哲郎から恭也へと伝わったといったところか。

「お前こそ、そういうことは俺に言え。余計な気を起こす奴がいたらどうすんだよ?」

「いませんってば」

豪や昴《すばる》に話したことは、これからも恭也に筒抜けになる気がしてきた。恭也の中では、航太に好意を寄せる女の子より、友人の方が要注意認定のようだ。そこは追い追い何とかしなければ。

「いいんですか?」

既に服を着始めている恭也に倣《なら》い、自分も服を着つつ尋ねた。

「何が?」

「恭也さんは、人目とか大丈夫ですか? だって今までは誘ってくれなかったから」

仕事では出掛けていても、プライベートではまた考えが違う可能性もあるだろう。

恭也は着替えの手を止めると、目を泳がせ髪をかき上げた。

「いや、それは……あんまり会えなかったからだ。分かるだろ」

「分かるって?」

何に同意を求められているのだろう。航太が首を傾げると、恭也は勘弁してくれというように唸った。

「俺のせいだが、たまにしか会えなかったら、ヤるばっかになっても仕方ねぇだろ。そういうことは察しろよっ。なんなら、今すぐもう一回ヤるぞっ」

口調はいつも通りの恭也だが、そんなことを考えていたのかと思うと嬉しいやらびっくりするやらで、自分の耳を疑いそうだった。

「な……」

このままもう一度、それもかなり魅力的だと思っていると、また顔に出ていたのだろう、恭也はニヤリと笑う。

「続きは後だって言っただろ。レイトショーなら間に合う。お前が嫌じゃないなら、俺は男二人でもどこにでも行くぞ。だいたいのデートスポットは仕事で経験済みだ。プライベートはこれから、お前とだ」

おどけるように言った恭也は、航太に手を差し出す。

外に出掛けるようになれば、そのうち誰かに見られることがあるかもしれない。今すぐに誰にでも二人の関係をオープンにしようと考えているわけでもないし、家族にすらどう打ち明けるかも決めていない。

でも、できるだけ自然体の二人でいたい。

「行く！」

航太は迷わず恭也の手を握り締めた。

これから何があったとしても、恭也と二人話し合っていけばいいことだ。今度からは言いたいことができても、もう躊躇する必要はないのだから。

あとがき

はじめまして、またはこんにちは。すとう茉莉沙《まりさ》です。

この度は、本作をお手に取っていただき、誠にありがとうございます。

文庫二作目の本作は、ゲイかもしれないと悩んでいる大学生が便利屋さんで彼氏をレンタルするお話です。初心《うぶ》な大学生の航太は、すぐに便利屋のセクシーなお兄さんにポーッとなってしまいます。ですが、この便利屋さん、色々抱えていて拗《こじ》らせている大人なので一筋縄ではいきません——と、ここまでが雑誌に掲載していただいたものです。

後半はその後の二人です。書くことができて、すごく嬉しいです。新しいキャラクターたちも出てきます。読み進めていただく中で、航太と一緒に「えええ!」となるか、「あ、やっぱり」と思われるか、皆様はどちらでしょうか? とても気になります。よろしければ、お手紙でどうだったか教えていただけるとうれしいです。

航太は明るくて優等生タイプ。愛されて育ってきた子なので、結構、大胆で打たれ強いところもあるかなと思います。

便利屋さんのことは……何か書こうと思ったのですが、ぜひ作中で!

本作を書くにあたり、恋人のレンタル事情について色々調べました。航太が前半で言っていたようなこともあり、こういう便利屋さんがいればなぁと思ったのが本作の攻めキャラです。取材のため、自分で恋人のレンタルをしてみようかとチラッと考えたこともなかったわけでもないですが、実行には至らずです。その代わり、全く依頼内容は違いますが、便利屋さんにはお仕事を頼んでみました。

小椋《おぐら》ムク先生、雑誌掲載時から引き続き、素敵なイラストをありがとうございます。一読者として作品を拝見してきた身ゆえ、自分のキャラクターをお描きいただけるということに驚きしかなく、ラフをいただいた際、恐れ多くてなかなか直視できなかったです。もちろん、その後、しっかり拝見しました。便利屋さんはめちゃくちゃに色っぽくて、航太は可愛くて、この二人すごくお似合いだ、と自作のキャラクターながら感じ入ってしまいました。

担当様、細部に亘《わた》るまでのご助言、いつも本当にありがとうございます。

最後になりますが、本作をお読みいただいた皆様、心から感謝しております。主人公たちと共に、少しでも楽しい時間を過ごしていただけましたでしょうか？

またお会いできることを、切に願っております。

二〇二一年　二月　すとう茉莉沙

この本を読んでのご意見、ご感想を編集部までお寄せください。

《あて先》〒141-8202　東京都品川区上大崎3-1-1　徳間書店　キャラ編集部気付
「営業時間外の冷たい彼」係

【読者アンケートフォーム】
QRコードより作品の感想・アンケートをお送り頂けます。
Chara公式サイト http://www.chara-info.net/

■**初出一覧**

営業時間外の冷たい彼 ……小説Chara vol.42（2020年7月号増刊）
営業時間外の甘い彼 ……書き下ろし

Chara

営業時間外の冷たい彼

……【キャラ文庫】

2021年3月31日 初刷

著　者　すとう茉莉沙
発行者　松下俊也
発行所　株式会社徳間書店
〒141-8202 東京都品川区上大崎3-1-1
電話 049-293-5521（販売部）
03-5403-4348（編集部）
振替 00140-0-44392

印刷・製本　図書印刷株式会社
カバー・口絵　近代美術株式会社
デザイン　カナイデザイン室

ISBN978-4-19-901023-1